# 护宝记

张品成 著

山东文艺出版社

图书在版编目（CIP）数据

护宝记/张品成著. —济南:山东文艺出版社,2012.4
ISBN 978－7－5329－3711－0

Ⅰ.①护… Ⅱ.①张… Ⅲ.①长篇小说—中国—当代 Ⅳ.①I247.5

中国版本图书馆 CIP 数据核字(2012)第 053343 号

# 护宝记

张品成　著

| | |
|---|---|
| 主管部门 | 山东出版集团 |
| 集团网址 | www.sdpress.com.cn |
| 出版发行 | 山东文艺出版社 |
| 社　　址 | 山东省济南市英雄山路 189 号 |
| 邮　　编 | 250002 |
| 网　　址 | www.sdwypress.com |

| | |
|---|---|
| 读者服务 | 0531－82098776(总编室) |
| | 0531－82098775(发行部) |
| 电子邮箱 | sdwy@sdpress.com.cn |

| | |
|---|---|
| 印　　刷 | 山东鸿杰印务集团有限公司 |
| 开　　本 | 880×1230 毫米　1/32 |
| 印　　张 | 6.25　插页/2 |
| 字　　数 | 132 千字 |
| 版　　次 | 2012 年 4 月第 1 版 |
| 印　　次 | 2012 年 4 月第 1 次印刷 |
| 书　　号 | ISBN 978－7－5329－3711－0 |
| 定　　价 | 16.00 元 |

版权专有，侵权必究。如有图书质量问题，请与出版社联系调换。

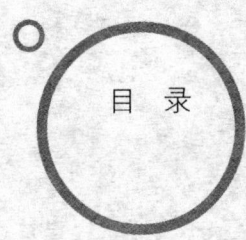

# 目 录

第一章 ………… 001

第二章 ………… 009

第三章 ………… 016

第四章 ………… 026

第五章 ………… 034

第六章 ………… 043

第七章 ………… 053

第八章 ………… 061

第九章 ………… 072

第十章 ………… 081

第十一章 ………… 095

| | | |
|---|---|---|
| 第十二章 | ………… | 103 |
| 第十三章 | ………… | 111 |
| 第十四章 | ………… | 118 |
| 第十五章 | ………… | 126 |
| 第十六章 | ………… | 134 |
| 第十七章 | ………… | 141 |
| 第十八章 | ………… | 151 |
| 第十九章 | ………… | 160 |
| 第二十章 | ………… | 168 |
| 第二十一章 | ………… | 174 |
| 第二十二章 | ………… | 186 |

# 第一章

## 一

排客阿七在当地算是走南闯北见过世面的汉子，初秋的时候他回到亚口。排客阿七的那只肚子很大，到打霜时候还那么裸着，满满当当装着酒肉，还有各地的奇闻轶事。

排客阿七将排拴了，一块铜钱大的疤在他的额角放亮。

"晓得不？南丰到白舍上百里官兵蚁动。"排客阿七说，"枪炮响了七天七夜，盱江里流下的水红红一片。"

"啧啧……"

排客阿七说："官兵由一个叫陈诚的将军统领，老蒋坐镇南昌督战，他发了多少兵马只老天晓得！反正铺天盖地像蝗虫那么地来。"

少谍队的几个伢也坐在废石堤上听排客阿七讲山外的事情。每回阿七的排一拢岸，他们就挤在人堆里。但今天他们听着不对味。他们听到阿七扯起红军的事情，起初并不在意，以为他那张嘴胡咧咧扯人兴致，后来听听不对劲，一些事不是阿七随便能瞎编出来的。

排客阿七说："红军由林彪、彭德怀带了，和国军打生死战，南丰城几度得手又易手。官兵在碉堡上架了机关炮，一搂火倒一片，才几天下来，红军死伤上万。三十年河东三十年河西，风水要转喽！"

那边万邦按捺不住跳了起来。"咄！"他狠声狠气地说，"阿七你胡说！"

排客阿七笑笑，说："你看你这伢，我要是扯谎天打雷轰！"

有一种说不清的什么东西在万邦周身缭绕。万邦说："我们去问金参谋。"后来，少谍队那帮伢找到金参谋，他们把排客阿七的话跟参谋说了。金参谋不说话，脸色像冬日里久阴不霁的天。

他们相信阿七那些话是真的。

万邦说："来就是，老子正愁拣不上仗打。"

超清说："咱们队伍这么厉害，白狗子真就能攻进来？"

月照不说话，月照从金参谋脸上看出很多东西，他知道事情不会像万邦或超清想的那么简单。他是少谍队一队之长，当然比大家想得更多些。他隐隐感到有些事情不可避免要发生。

从那天起，月照耳边常有轰轰的声音，像枪炮声又像雷声，他以为是幻觉，但常常觉得那么真切。

那些天，他发现师部进出的人比先前频繁。他不知道师长和参谋们正商议一桩重要的事情，他不知道那桩事会弄出许多的故事来，他更不知道那桩事会影响自己和少谍队那帮伢很长的一段日子。

二

超清脸贴了凉凉的篾枕侧脸朝斜向里望去，眼睛像两颗溜圆的杏仁玛瑙镶嵌于一张白净脸上。那时候古祠的飞檐正挑着一方明净亮爽的天，几颗星子在淡淡的薄云里跳。超清禁不住就嚷了起来："嘿！星子跳舞。"

这叫声在寂静的夜里异常脆亮，把几个伢都吓了一跳。

万邦说："你遇鬼了，张张皇皇地叫，那是星子跳舞吗？"

超清嘟起了嘴，说："反正我看到星子在跳。"

允中说："跳你娘个头，那是星子跳吗？那是云在走呢！"

超清在昏暗中跳了起来："你骂人，你骂我娘！"

允中说："你娘在哪儿？你又没个娘。你跟我一路货，咱生来就没个娘。"

超清杏仁玛瑙眼儿立现怒火。他跳了起来，但看见允中那蛮横表情又立马蔫软。超清想：我不跟你一般见识，我才不跟野蛮家伙一般见识！

月照起身走近前来："你们撑的，没事找事！高营长金参谋他们正愁得不行，你们还要给他们招惹事儿吗？"

四下里立刻没了声，恢复了先前那种静谧。几个伢踮了脚往东厢房那边望，看见雕花木窗透出忽明忽暗的光亮。

近来发生的一些事连少谍队细伢们也感到不妙。师部头头脑脑的人物神情全不那么舒展，就连平常笑话最多的金参谋嘴上也似缝了线。大人们脸都绷得老紧，匆匆地在师部进进出出。

又硬说："我看不对劲，一定有个什么事！"

超清早平静下来，手里捏一根软金似的稻草一下一下扯着，听到大家议论那话题，也嘟哝了一句。他说："能有什么？大惊小怪！"

允中说："你懂个狗屁！"他把手里正玩着的一个破洋铁玩意儿朝天井那边抛过去，就听得丁零当啷的一串响在祠堂里跳。那边厨子阿八就蹿出来了,声音很虎,嚷道:"都是些教养不正的雀雀,屁事不懂,都什么时候了还闹腾成这样?长官们焦心得不行,你们却过年似的开心。"

厨子阿八有根尺多长的铜头烟具,是土豪金归守不离身的宠物。那年打土豪分金归守家浮财,金银细软阿八全不放在眼里,独就看中了金归守的这根烟具。"我阿八啥也不要,我就要这家什。"他果然就拿了那烟具,也从此宠得像宝贝。又硬走过去,小心地捏了那黄铮铮的铜头,往那窝斗里一下一下塞烟丝,烟是当地烤烟,是出名的一种货色,据说抽起来劲足味厚。

又硬塞满了接过阿八指缝间纸媒子,凑到嘴边呼一下吹燃了。那火光映了他的脸,他涎着脸儿笑着。又硬笑得很甜:"伯,你常在金参谋身边进出,你该知道是个什么形势?"

厨子阿八绷了厚厚嘴皮猛劲抽烟,白白的浓烟从鼻洞里扯出。一群伢伸长了脖颈,脑壳在昏暗里一动不动。

阿八说:"那当然是有情况的……"才说了半句,却打住。

允中嚷:"阿八伯,你不必卖关子的,你把消息透几分给我们,有好处大家不会忘了伯的。"

阿八说:"尽了我手艺做那许多好吃东西他们吃不下,这事从来没有过。师长那胃口谁个不知?偏他也那样,你们说情形能好吗?我看也出不了几日就有分晓的,别看你们眼下闲着,保不定什么时候要累脱你们骨头!"

厨子阿八的话很快应验,近午夜时分,祠堂里骤然响起集合哨音。那时候伢们正睡得香甜,听哨声响得急,立刻蹿起。

混沌的月这一刻是清明了些。老樟树下一排伢齐溜溜站在那儿。金参谋压低了嗓门布置一桩紧急任务,任务是要少谍队去山里某处埋藏一些东西。东西用背篓装了,一排磨墩似的蹲趴在祠堂墙角。上头有命令不让点灯,少谍队那些细伢臂膀上就都系了条白布片,以便黑灯瞎火中不要走失了。金参谋将任务大致做了个交代,就立刻明白地弄出一个坚定手势。十几个伢过去将背篓背了。超清掂了掂,觉得背篓沉甸甸的。"什么东西这么沉?"他悄声问身边的承禄。

承禄说:"金参谋有交代不让问的。"超清觉得沉沉的像是铁坨坨:"怕又是一次独特的测验,背篓里装着石头也是难说的。"

对话声叫前头的金参谋听到了,一声喝,两个伢全噤了声。一队细伢由金参谋和高营长带领,从老樟树下出发,绕过沉睡中的村子往深山密林里走。少谍队的细伢都是经过一些日子训练的,因此虽是暗夜,走山攀岭却不是难事。各人都专注于前面那个手臂上的白布条,一队伢走得迅捷,以为很快能到目的地,但却似乎总那么没完没了地行进,直累得个个气喘吁吁。

金参谋说:"歇一会儿吧,就一会儿!"

月照坐在一块大石上。他望望四周,极力想分辨出方位,但却辨不出。教官说只要北斗当空,永远不会走失了方向。但今天月照初次小试就没试出个眉目来,他发现队伍曲里八拐地在山里走,似乎是金参谋他们有意安排了这么行进的。

有人挨过来,月照认出是超清。

超清说:"你脑壳好用,你说背篓里能是什么?"

月照说:"你管它,是什么就是什么。"

但似乎细伢总是有一种难耐的好奇心无法压抑。月照用手往背篓里探去,触摸中感觉那是一些古董。他心里有点犯疑,弄不清上头深更半夜要将这些宝贝东西往哪儿送,再出发时月照就存了一份心思了。

又走了近三炷香工夫,金参谋叫大家停住,说:"就是这地方了。"月照将背上的重物卸下,感觉脊背地方火烧火燎的痛,却顾不了这许多,抬头细观周边景物,看不出更多眉目来。再看那轮月儿,不偏不倚正嵌在两山之间。月照细细看去,那左边的尖峰如一颗巨齿般竖在天地之间。月照自小就跟了父亲在这一带山里打猎,按说对这一带是再熟悉不过,可夜色碍眼,任月照极尽努力却也分辨不出。

金参谋将那些火把点燃,顿时谷地里通明一片,细伢们才看见原来他们面前是有一石洞的。洞被草木掩映,若不是高营长特意将洞口拨开,那洞子显然是不易被发现的。

高营长说:"又硬,你钻进去。"

又硬游鱼似的摆动身子,果然就钻进了那洞子。高营长金参谋指挥了一群伢崽将背篓里那些东西弄进洞。忙乎完毕,天已近拂晓。又硬从洞子里钻出,他气喘吁吁,脸上泥糊邋遢。

有人小声嘀咕:"就那么大个洞眼,里面真能塞进那许多东西?"

又硬说:"老天爷!你以为就那么大的一个洞洞吗?那是个弥勒的肚肚,一个天都能装得下。"

他们说话的时候,高营长搬来块大石封堵了洞口。那石头不大不小正好将那洞口堵了个痕迹不露。

金参谋说:"大家回吧,今天叫阿八做红烧肉给大家吃。"

回到亚口村的时候,天已亮了。月照觉得回去的路似乎近了许多,三两下就到了村子里。

## 三

月照朝祠堂走去，祠堂现在空荡荡的。只有厨子阿八在那儿剁菜。

月照到少谍队女学员那屋。木板床上，南秀的影儿也不曾见。他喊了几声，不见有人应，满祠堂寻。寻到厨子阿八那儿，厨子阿八说："才看见了她的，不会不在。"月照说："祠堂里确实没影。"厨子阿八说："你们少谍队没个安分的，总又是疯到什么地方玩去了。现在正好没人管束，还不是无头苍蝇般疯吗？"月照说："不会的，她今天身体不舒服。"厨子阿八一拍脑门说："也是，我怎么把这档子事给忘了呢？你快去找找看，不要让热气冲得昏头昏脑走失不见了。"

月照四处找，终于在溪潭石岸边找到了南秀。原来南秀偷偷出来给大家洗衣服，一大堆脏衣服塞满了两只木桶。

月照看见南秀，说："你不是病了吗？"南秀笑了一下。那妹子天生一张笑脸，一咧嘴两个酒窝深不深浅不浅的那么诱人。

南秀说："什么病？无非是闲出来的毛病。"

月照说："你看你，你那倔劲又上来了。"

南秀说："你要管，该管管那帮男伢，衣衫穿了十天八天的不换，都有味了。"

月照没再说什么，他蹲下来开始和南秀一道洗衣服。

"啊哈！好合适的一对！"

听到有人说话，月照回头，见是标有。标有是亚口一况姓孤儿，一生浪荡，游手好闲。二三十岁没有成家，什么都不愿干却什么都干过，但却什么技艺都没有学到。直到红军来了赣南，当兵吃粮的时髦浪一般席卷苏区，浪荡多年的标有也经不住热潮的鼓动，随了村里青壮男人入了红军队伍。

标有拿一根甘蔗歪头歪嘴地啃咬，小眼睛眯缝着笑，笑出许多的隐晦。月照看他那副样子，说："你又喝多了酒，嘴没遮没拦地瞎说。"

标有嗤地笑了一下，说："我是喝了几碗的，可我喝了酒比平常更清醒。就是酒后酣睡，我标有也是一只眼闭一只眼睁的。"

月照用力在溪潭里抖洗衣服，搅得一潭碧水波涌浪起。

标有说："你们不信？不信我也没什么法子，但初八那天我也是喝了有一满壶的，可半夜里有过什么事，我标有清清楚楚。"

月照想：你知道什么，知道母猪要屙崽还是跳蚤做梦？

标有说："我知道你们少谍队半夜去埋了东西，埋的是值钱宝贝东西。"

月照听到这话不由就愣了，拎着水淋淋衣服的手臂呆呆地悬在那儿，却没拎住，那衣服直直地坠落水中。潭水起一个漩，那衣衫顺流漂将下去。月照回过头，看着标有。标有笑着吐出一口蔗渣，朝村里走去。

那边南秀沿着溪岸跳着叫着，追逐那件溪流卷走的衣服。

## 第二章

一

省府南昌这一年的夏天异常炎热。就在这堪称火炉的街市，那个蒋姓党国领袖却亲临督战。他熟读了每一天的战报，对于前线的每一消息都欣喜若狂。很多年来和共产党之间的战事，永远是败多胜少，数百万的大军，精良的装备，竟然就不能奈何那一群鸟枪土炮的乌合之众。

但是这一年时来运转，许多的契机让他指挥的战事得心应手。大军将"赤匪"所占据的地盘围得水泄不通，围剿之役在通宵达旦紧锣密鼓地进行，日益往赤都瑞金逼近，眼见得搅扰了自己多年的祸根从此拔除，他能不喜笑颜开？

省府南昌那条老街的骑楼很宽，遮住了相当多的炽热阳光。就在临街的一座法式建筑中，这个党魁兼剿共总指挥捏着指头，一副亢奋异常的模样。他光秃的额头放亮，目光阴沉凶狠。他对他的将领们做了一番训示，便将拳头擂向墙头那张大幅地图上一个叫瑞金的地方。

在一个比通常平静的夜里，树猫那凄长的嚣叫突然被爆豆般的枪炮声所掩盖。少谍队的伢几乎同时从床上翻身跃起，祠堂里一时间有些乱。这时金参谋、高营长和师部特务连的一帮成年红军出现在祠堂大门口,几只火把把四周映得通亮。

万邦这时候比谁都来得镇定,这场面过去在寨子里司空见惯。与别的伢崽比,他内心顿生的不是惊慌而是一种激动,枪声告诉他立刻能遭遇一场拼杀。对于战斗,万邦觉得已久违多时了。从告别寨子下山,跟了千斗投奔红军,万邦以为人多势众枪新炮好,那仗断然是不会少!但后来的情形远非那么一回事,总是仗打得差不多了,才轮到少共国际师一帮伢捡点残汤剩菜。再后来就来了那个穿长衫的,说是要挑一批精干伢去执行一些特殊任务,在寻乌少共师千多人里挑了三十人,万邦是其中之一。

干爷千斗说:"万伢你该去!你是百里挑一的角色,是好佬!"

干爷千斗是万邦的恩人也是他最崇敬的人。干爷带了队伍下山归顺了红军后做了团长,一样是英勇善战的好佬一个。万邦最信干爷千斗的话。万邦自己也觉得荣幸,料想去少谍队肯定有很多痛快淋漓的事情,结果就来了瑞金。来了瑞金却大失所望,每天只是上课训练,起早摸黑跌爬滚打苦不堪言。心里烦躁脸上就多的是阴郁和怒气,他被教官和伙伴认定是匪气难改。万邦就盼着能有一场大仗恶仗让自己冲杀一番,显露豪杰气概英雄本色。

这机会终于来了,万邦那一刻顿感身上血腾的一下子沸起。

短暂的慌乱风似的过去,细伢们站在祠堂外的黑暗中。爆豆似的枪声还在朝这边逼近,有一些就扯着呼啸飞蹿到老樟树上,惊扰了夜栖的鸟,又抖下许多的碎叶。

万邦握着枪,手心痒痒的,叫人难受。高营长简短地交代任务后,队伍就在暗夜里急步行进。

走着走着,万邦就觉出不对劲了。万邦说:"不对!"

高营长说:"万邦你喊什么?"

万邦跺跺脚,说:"我们这是往西面走!"

高营长说:"对呀,我们是往西面走的。"

万邦说:"可仗在东边打呢。"

高营长说:"我不知道仗在哪边打,叫我们往这边走是上头的命令。"

万邦说:"我不想往西边走。"

金参谋说:"这是命令!"

万邦说:"反正我不想往西边走。要走你们走,我不想做逃兵。"万邦觉得胸脯胀胀的,后来,他不知怎么的就哭了。

高营长说:"你这火板子伢,这关节上,你哭什么?"

又硬他们也受了万邦的感染,嚷嚷起来:"我们不走,我们要打仗!"几个同伴一嚷,万邦似乎就得到某种支持和怂恿。他索性就坐到了路边的大石上,两只脚很无赖地在黑暗中杵着。

金参谋笑了,他什么时候都能这么镇定地笑。"我们必须走,这是上面的命令,"金参谋说,"或许上面正是将最重要的任务交给你们也不一定的。仗还少得了?有你们打的!"

万邦说:"真那样吗?"

金参谋说:"我感觉会是这样,我向来感觉不错!"

万邦说:"你敢保证?"

金参谋说:"我们打赌。"

万邦没再哭,一颗泪悬在下巴上,湿湿凉凉的。

金参谋从兜里掏出一个东西:"你要不信,我拿这块怀表跟你打赌。你平常不是很喜欢我这宝贝吗?要是我的话没应验,这表就归你了。你拿着,现在师部有命令让我们天亮前赶到目的地。你看着表,六点,六点之前赶到。"

万邦真就接过了那表。他把表搁在贴胸口处那只衣兜里。他感觉那秒针踩了他心跳的节拍在走。

## 二

这一支颇为特殊的红军队伍在深秋的一个夜里急促地在深山密林里行进。上面的意图很明确,无论处于何种境地,都要尽一切力量保住少谍队这帮伢。他们中有先烈忠良之后,有穷苦人家的独根独苗,是革命事业未来的希望。师长很严肃地对金参谋和高营长说:"这些伢你们死活也要带出去!"师长说这话时目光坚定。金参谋和高营长没有多说话,他们觉得既然上面下了死命令他们就该不折不扣地执行。

那是近天亮时分,北斗和月亮都还悬在天上,却被高大的树冠严严密密地遮了,丝缕的光也透不入,就更加黑糊了。那时候,两个大人和一群细伢都走得疲惫不堪,腿肚上像系了铅坨。

金参谋说:"万邦,你看看表。"

万邦从兜里掏出那块怀表同时也掏出一包洋火。他小心地将洋火划着,说:"五点三十五!"

金参谋说:"万邦,你是穿山豹子出身,山里很多地方你都熟识是吧?"

万邦觉得奇怪,他说:"你怎么问起这个?"

金参谋说:"你看看这是在个什么方位?"

万邦认真地朝四周暗淡的山影看了一回,说:"天太暗,我看不真。"

金参谋说:"你再认真看看。"

万邦又细细观察了一下周边的形势。那时天似乎开裂了一丝儿缝，有一些淡柔的光浮漂在树梢山脊。万邦模糊地辨出不远处是冲虚山，他一认出冲虚山时不由心就那么突地跳了一下。他说："那是冲虚山！"

金参谋说："你没看错吧？"

万邦说："不会的！那是冲虚山。"他的声音有点变但大家没能听出来。万邦想，怎么会错？那一回千斗带了大家下山劫大户，就是在这地方遭官兵伏击的。也是风高月黑的一个夜晚，大家驮着装满了物什的口袋兴高采烈往回走，突然就在这地方遭人埋伏。这地方前百步临谷，后百步背崖，若被伏击必是死路一条。千钧一发之际，伙计中有采山药出身的，识一条险路，路通一崖洞，众人循洞而行终险中逃生。

金参谋说："过了冲虚山就到目的地了，大家坚持一下！"但金参谋的话音未落，立即便被脆亮的一声枪响惊出一个冷战。

## 三

叭勾！那清脆的枪声就这么突如其来，在欲明不明的山凹凹里轰然炸响，紧接着枪声便响成一片。队伍立刻有了片刻的慌乱，有人甚至喊出了声。万邦和金参谋几乎在枪响的同时就卧倒在地，万邦伏地时还按倒了身边另一伙伴。这种场面万邦没少经历，但他惊奇的却是世上的事竟如此巧合，两场伏击竟然发生在同一个地方。当然，那时的境况由不得万邦去想更多。他听到金参谋和高营长在简短地商量之后，就开始指挥大家突围。

"白狗子偷袭！"高营长嚷着，一边就举起驳壳枪朝对方枪声紧密的地方射击,几乎是响一枪就起一声惨叫。

金参谋说:"万邦,你去通知大家准备突围。"

万邦说:"就不能再打一会儿?"

说这话时万邦侧了侧那颗过大的脑壳,那时候天已微明,能看清万邦很孩子气的一张脸。

金参谋吼起来:"快!"

"我不去,要去你叫别人去。"万邦说着又很规范地开了一枪,那边林子里随即传来一声惨叫。"你看,我们不怕他们。一帮子臭狗屎我们怕他个什么?"万邦嚷嚷着,颠了屁股在林子里蹿跳,同时很老练地开着枪。

后来,万邦好像听到一声短促惨厉的叫声。他开始没觉得有什么异样,转念一想才猛然觉得不对劲。万邦反过身,看见金参谋胸前绽开了一片鲜红。万邦立刻扶住就要瘫倒的金参谋,他感觉到金参谋湿湿热热的血顺着他胳膊不住地淌。

金参谋断断续续地说:"快……快叫大家突围……"

万邦跳了起来,他拼命地在林子里跑,把突围的命令传达给每一个人。但是下山的路线显然已被白匪封堵,而背后是万丈悬崖,况且天已经完全亮了,对方的火力却是愈发地猛烈起来。万邦看了看,三十多人的少谍队现在只剩下十来个人。金参谋瘫在枯草丛中,说:"你们要冲出去,无论如何要保住少谍队!"伢们都点着头。万邦痴痴地傻看金参谋那脸,看见那张嘴此刻大气只出不进。万邦觉得一颗心又悲又急在胸腔里慌慌地跳。他想,金参谋死了,也许我也会死的,可是我不想死,我要替金参谋报仇!他想着想着就想起那条暗道。那时候白匪已经停止了射击,喊着:"抓活的抓活的!""不要放跑了共党崽子!""活捉一个大洋三块!"那些狂乱喊叫蝇群般在头顶盘旋。月照和另几个少谍队的伙伴眼睛像是要喷出火来，就在这时万邦说："天无绝人之路！"

说得大家都愣住了，以为是突发的恶仗把万邦给吓坏了。

万邦的脸竟绽出一个笑来，就将暗道的事简单说出，说得大家有了喜出望外时的那种激动。当时高营长就做出了决定。

高营长说："你们把身上的手榴弹都留下。"

万邦说："营长，你做什么？"

高营长说："万邦你领路。"

万邦说："营长，那你呢？"

高营长说："我干我该干的，你们走！快走！"

月照跳起来说："不行！营长，让我来！我来给你们断后！"万邦也跳了起来，同时跳起来的还有允中和又硬。

高营长说："听着，把手榴弹拿出来！我说拿出来就拿出来！"高营长两只眼都跳荡着一种很凶的光亮。少谍队的伢从未见过他们的教官眼里有过这样一种目光，这目光让伢崽们不敢再固执。他们你看看我我看看你地从腰带上将剩余的手榴弹递了过去，很快高营长手里就有了几颗手榴弹。高营长回过身朝那石头滩走去。他小心地隐蔽了身体，一扬胳膊朝叫嚣处扔了一颗手榴弹。万邦看见树丛间腾起一股烟雾，那叫嚣即刻变成一片鬼哭狼嚎。

# 第三章

一

那边，高营长抛出的手榴弹响了一声又一声，声声都像是在伢们心里惊雷似的炸。围堵者得意洋洋的叫喊声现在又恢复了先前那种爆豆般杂乱的枪声，隐约还能听出那帮家伙挨炸时那种哀嚎的狼狈。

山凹上，万邦带了少谍队十来个伢在林子里穿行。那时日头已跃出山凹，几缕云很贴切地在那团鲜红的周边缭绕。山坡上，秋枫涂一抹抹的红艳夹杂于松的苍翠之中。秋霜于四更时肆虐，将山林弄出一种肃杀和萧条。那叶面草尖全有些细白的粉末，现在被暖暖的日头消融凝聚成细细水珠，不安分地从栖息地滑落，细碎地滴在枯叶和山石上。有几只麂子被枪炮惊扰，在山崖处盲乱蹿跳。

搁以往，承禄肯定是被这景致深深打动的，但现在惊恐还持续不断地在心里蔓延。枪响的那一刻，承禄就魂飞魄散地乱了方寸。他握枪的手不住地抖，那杆汉阳造突然就比以往沉重许多，举枪就失去了规范。后来，他听到金参谋的命令。金参谋趴倒在地，很多同伴都迅速地趴在了地上。金参谋命令开枪，承禄听到月照他们手中的枪响了好几声后才扣了一下扳机。后来，他又叭勾叭勾地打了几枪，自己也知道那枪打得盲目，射击全无目标。承禄觉出了自己的怯弱，有片刻脸倏地红了，但一颗炮弹那时就在他的不远处炸响。承禄看到红光一闪，身边不远的同伢惊喊了一声，晃晃地摇了几下倒在地上。承禄爬过去，承禄看见同伢的右腿被炸得血糊一片，月照跳起来按住同伢。

月照说："同伢你右腿受伤了，你不要乱动！"承禄看见月照把自己的衣衫撕下一截帮同伢包扎。月照说："同伢你忍住，你胡乱动身上血没完没了流会丢了命的。"

月照将同伢的伤口包扎完毕，那时候大家开始往暗道转移。承禄看见几个伢七手八脚扎了两副简易担架，将奄奄一息的金参谋和受伤的同伢扶上担架，跟了万邦走。可是那时，承禄却挪不动脚。承禄看见大家往崖壁处一条窄道上走，他挪脚，却挪不动。那时候，月照恰好回头，看见表情复杂在那儿一动不动的承禄。

月照又倒了回来，走到承禄身边。

那边高营长抛出的手榴弹已炸响了第三声。

月照说："承禄！你还不赶快！"

承禄说："我走不动。"

月照说："什么？你说什么？"

承禄说："我脚软，我不知怎么的就脚软。"

月照说："你看你这副没出息样样！烂泥糊不上墙！"

承禄捂着头蹲下去呜呜地哭起来。

月照近前去狠狠踢了承禄一脚，说："你不走那炮子可不长眼睛，说不准立马你就丢了命，横尸荒野变成孤魂野鬼。"

承禄觉得月照的话千真万确，他的脚顿时灵便起来。

月照说:"你那眼角有一颗泪珠珠,你还不赶快擦了。"

承禄赶紧抹了一下眼睛。

同伴中有人看见赶过来的月照和承禄,扭过头问:"怎么弄的?半天没见你们踪影?"

月照说:"没啥,承禄他收拾点物什耽搁了一下。"

承禄又想哭,但忍住了没让眼泪掉下来。

## 二

拐过那条林木掩遮的密道,一条不大的山涧横在眼前,地形真是独特到了极致。一道瀑布由山顶扯来,沿陡峭的崖壁跌下,跌到一平坦去处,跌出一汪石潭。凶猛的瀑流飞泻而下,气势凶猛不可一世,到这里却有了收敛,成了温驯的一汪。流出约十丈之外,却是一个豁口,豁口处又是一道陡而险的崖,老实温驯的水流转眼又改换了面孔,龙虎似的咆哮狂吼复起,浪腾沫飞雾起虹现,以异常的汹涌飞泻而去。

现在,万邦领了少谍队十数人到了潭边。腾起的水雾湿了大家的衣衫,承禄感觉贴肉的湿衫带着一种逼人凉意不断袭来。大家站在潭边,脸上都现出同样的疑惑。三面是崖,一面临渊,除去能立足的那些凹凸不平的大小石头,再就是那深浅莫测的潭水了,路在哪里?

那边,枪声渐稀,有了片刻的宁静。

万邦说:"拿刀来。"

有人给他递过把大砍刀。

万邦接过刀在潭边的大松树上砍下些松明。

又硬说:"你说有路,路在哪里?"

万邦不急不慢地砍着松明,一边砍一边想着心事。他砍了有一捧,听到又硬问,便指了指崖根处。大家看去,隐约看见崖根贴近水面处有尺多宽的一道缝隙,由于水帘挡碍视线,不近看是看不出个名堂的。

又硬说:"你说那是路?"

万邦点了点头。万邦说:"那里有一个山洞,是一条暗道。我先前也是不信,跟人走过一回就晓得了。"说着就领头将衣裤脱了,冷得上下的牙齿斗架,一边往水里走,一边说,"坚持一下就好了。"果然那水只齐胸深,万邦将衣服什么的举过头顶,正要挪步,听得远处轰隆一声巨响。众人都愣在那儿。

"是高营长,"有人说,"他拉响了绑在身上的手榴弹。"

有人呜呜地哭起来。

万邦在水里喊:"你们还不赶快下来,时间是高营长用命换来的,你们想让高营长白送一条命吗?"

大家无声地跟着万邦在水里往前蹚。

果然走过那尺多宽的崖缝,里面豁然开朗。承禄感觉一种轰响震耳欲聋,那是瀑布拍击崖壁的声音。伢崽们忍了寒冻一个挨一个地往前走,感觉是缓缓的坡,慢慢觉得里面有岸,大家是在往岸上走。

上得岸去,承禄听见万邦在喊自己。万邦说:"承禄,洋火!"

承禄把洋火递上前去,万邦划亮一根将松明引燃。火光明亮,才看清周边的情况。原来真是一个巨大的溶洞,洞里轰响不绝,到处都是瀑布击崖震耳欲聋的声音。火光照亮处,见有一些白白湿湿好看的石头,头顶的像一些大小不一的倒扣了的钟那么悬着；也有石笋石柱，笋皆不高，永远不能成竹成林，永远对应了一挂石钟。"笋""钟"相接，或许就成了那些石柱，所以石柱皆两头大中间小。

大家将两副担架放下，放在洞里稍平坦的地方。

有人说："你们看金参谋那脸色，黑灰得不行！"

承禄看去，看出担架上那男人早已断气。

大家都不说话，承禄看见南秀在不住搐动肩膀。

万邦举了火把在前头探路。万邦说："承禄，你跟我来。"

两个人先往前走了一截，听水声小去，却漫过来另一种声音。后来就看见一股奇特的黑烟扑面而来，那烟变幻成恐怖怪影，漫卷了从两个人贴身处掠过。

承禄惊了一下，但并不晓得那是什么东西。只觉得耳朵被那怪声刺得难受，鼻子里有种怪味呛人。待那黑影过后，承禄才回过神。

"那是些什么？"承禄问。

万邦说："蝙蝠哩。"

万邦说得轻描淡写，但承禄却被那话惊出一身冷汗，当时脚就软了。他没想到冬日的暗洞里竟有成千上万只精灵似的动物。

万邦说："承禄，你杵在那儿干什么？"

承禄支吾了一声，但还是挪不动脚。

承禄在心里对自己说：承禄，你真是个胆小东西，你有脚软的毛病吗？你不该让人瞧出你的无能！这么想，终于将脚迈出。

承禄看见万邦举了火把在那里细细瞄看那烟，承禄弄不清底细，说："你看那烟做什么？"

万邦说："我找路！"

承禄说："找路？"

后来，万邦指了指左边的一个洞子，说："那就是了！"

承禄说:"你怎么晓得就是那儿呢?"

万邦指了指那烟,那烟丝丝缕缕往那洞子方向飘漾。

万邦说:"那儿有洞口,烟才往那儿走的。"

万邦开始领了大家往那边走。洞子倒还宽敞,只是地面湿滑,不小心就有磕碰。松明火的光亮总归有限度,昏暗中常常有人滑倒,尤其是抬担架的几个,倒一个,那担架的一侧立即响起一片嚷嚷。

月照说:"你们小心点,不要弄痛了金参谋。"

允中却说:"他死了,他早牺牲了。"

没人理会允中,大家无声无息地跟了万邦往前走。轰轰的水响渐远渐稀,那时候,就看见前面现有微光,渐渐就有一道白亮那么扯着。

万邦兴奋起来,他说:"那就是了,那就是了!"他把手里的松明火把一扔,猛地朝洞口奔去。

## 三

现在,他们终于看见阳光了。日头很烈,初出洞时,双眼还不能适应这阳光,后来,大家才看清周边的形势。洞口恰在一片乱石坡上,一大片大小不一的黑色石头,像一群猪被人胡乱驱赶到这荒山野岭之中,忽然就遇到某种超然神力将其点化,成了黑而坚硬的一些东西永远凝固在这山岭之上。

月照说:"大家轻点,把金参谋放下来。"

万邦指了指山顶处,说:"我去那儿看看动静,保不住这一带还有白狗子,你们等我回来。"

担架从几个伢肩上，小心地放到地上。

月照说："叫你们轻些，你们把金参谋弄疼了！"

允中说："他死了，他真的死了。"

南秀哭起来，其实她一路上都在哭。她两眼红得像一对烂桃。南秀说："金参谋他真的死了吗？"

允中说："他早死了！"

南秀呜呜地哭着。

风精灵似的肆无忌惮地从灌木丛里蹿起。野地里只有南秀的哭声，细伢都不说话，齐齐地用一种愤怒的目光盯着允中。

月照说："允中你刚刚说什么？"

允中说："金参谋死了，一颗炮子打在他心窝地方。他的血流干了，他死了。"

南秀在哭。

城里伢超清也哭了起来。

那时候，万邦从高崖上爬下来往这边走，他看到一个奇怪的场面。万邦说："你们木呆呆地坐在这儿做什么？"

允中说："金参谋和高营长牺牲了，他们偏说没死。"

万邦走到那副担架前。他揭开遮盖在金参谋脸上的那块布，金参谋那青灰无血色的脸暴露在阳光下。那脸平日里严厉而活泛，现在却僵冷地在阳光下透出那可怕的青灰颜色。

"他死了！"万邦说。

这场面，万邦是见得多了。在匪窝里混日子，冲冲杀杀的什么没经历过？万邦想：死了就死了，二十年后金参谋还是一条好汉！

万邦说："我们该把金参谋埋了。"

众人皆不吭声。

## 四

万邦执一把大刀在坡崖上一点一点挖着土。日头总不肯落下崖，额上的汗却不住往下淌。他觉得肚子里空空的，浑身没有力气。他抬头看看同伴，他们都坐在石头上，一脸愁容不展。

万邦说："你们干坐着，也不帮我挖。"

没有人理会他，他只听到南秀和城里伢超清间歇的抽泣声。那抽泣传染了其他人，几个伢同时哭了起来。

万邦说："哭有个屁用！你们有哭的时间不如帮我来挖土。"

允中说："我想帮你挖，可我没力气，我们几顿没吃东西了。"

万邦说："我去崖顶看过，保不住山里还有白匪。"万邦把大刀放下，抹了一把汗，他坐在石头上一边歇一边说，"我总觉得蹊跷，昨夜里那埋伏是冲我们来的。"

允中说："我想不明白，就我们几个伢，值得？"

万邦说："你当然不明白！"

万邦不知怎么就想起那晚上藏东西的事。"我当时就觉得那些东西要惹事。"万邦在心里对自己说。

月照说："我觉得不该把金参谋扔在这儿。"

万邦说："抬着两副担架我们行走不便。"

月照说："师长他们会来找我们。"

万邦说："听我的没错。"

月照说："大家饿得肚皮贴背，米袋里有米，生堆火煮些稀饭吧。"

万邦抬起头，表情严肃，他说："你想叫大家都送命？"

月照说:"也许这山里没有白匪。"

万邦说:"你要不想叫大家送命你就听我的,我跟着千斗什么场面没见识过?闻闻山里这风,我就晓得不太妙,你闻闻!"

月照果然抽了抽鼻子。月照说:"我什么也没闻出。"

万邦说:"昨夜的伏击是有来头的,那帮白匪找不到我们不会甘心,你信不信?"

月照说:"反正我什么也没闻出。"

万邦伸出左手小拇指:"我们打赌!"

月照呆呆地看着他。

万邦说:"你连赌都不敢打,你有个什么能耐?冤枉了金参谋当时还选你做队长。"

月照脸立刻灰了,想争辩几句,但觉得无话可说。他觉得自己确实不如万邦镇静,一离开金参谋和高营长,月照就觉得失去了主心骨儿,那一刻开始便没了主意。月照不知将要做些什么,他有点茫然。

月照开始和万邦一起掘坟坑。月照想:也许这个土匪窝里混过的瘦小伙伴说得没错。

现在,他们已经把那个坟坑挖好。

万邦说:"把金参谋抬过来!"

开始大家都不肯起身,后来万邦就说:"高营长已没处安歇了,金参谋你们也不想叫他安歇?"听万邦这么说,众伢崽七手八脚将金参谋放进那坑中。

承禄说:"也没个棺木。"

一句话,又将众人弄得唏嘘一片。

万邦说:"我一听到哭就不是味。"他往坑里放土,渐渐土就掩了金参谋半个身子。那时候,日头恰好沉下凹去,火烧云爬满了半壁云天，霞光不协调地映在大家的脸上，那些泪便成了一些红而透亮的小小水珠，一些水珠就细细碎碎地珠串般坠落。

到日头完全沉落下去，金参谋的坟已堆好，在昏黑的暮色中那坟包像一个包袱。天黑的时候，万邦开始点火，那堆干柴旺旺地在林子里燃起来。

万邦说："他们看见有烟肯定会找到这地方来，现在他们看不见了，我们煮粥。"

一锅粥在旺火上沸腾，很快就烂熟了。

十几个伢狼吞虎咽地将那锅粥吃个精光。干柴不断地被添加在火上，火舌一晃一晃欢快地跳。少谋队伢们围坐在火堆旁，谁也不说话，笼罩着的全是沉默。衣服是彻底干了，暖和也熨帖地回到身上，随之而来的是瞌困。

月照觉得眼皮像沉铅，但他还是极力睁开了眼睛。这一天发生的事情实在太多，许多的事不是他们这些伢所能承受的，但偏偏就降临在他们身上。明天还会发生些什么？后天呢？前景如夜色笼罩的山林般晦暗不明。现在金参谋和高营长都死了，自己是一队之长，明天要是找不到主力，我月照这嫩嫩肩膀还能承受得了这许多？

月照看看四周，除万邦笼了手坐在火堆旁履行哨兵职责外，其余同伴都睡个死死。

月照又看天，林子太密，那北斗和月都没法看真。黑暗中他突然想哭，为什么黑暗遮掩了一切他就想哭？

月照忍了忍，终没有让那颗泪掉下来。

## 第四章

一

一九三四年农历九月十八,国军××军×师在友军默契配合下长驱直入,两天之内攻克瑞金县城,将赤都瑞金控制于股掌之中。对师长金其基而言,这自然是最开心的日子。在江口镇他喝了点酒。师长金其基从不喝酒,但将革命造反的"赤匪共党"赶出老家的这一天他喝了几口酒。

师长金其基喝了几口酒免不了脸红心热,情绪格外激昂,他决定沿了河堤走走。远看山野,近观街景,看屋脊林梢雀鸟鸣跳,听集市上人声喧沸,金其基更难抑制自己的喜悦。

他深吐了一口气,那股气带了酒味在河堤上盘旋。金其基想唱戏,在保定军校读书时他学过几句京戏。

果然他咧嘴就唱,唱的是名剧《坐寨盗马》中的一段:"……御马到手精神爽,金鞍玉辔黄丝缰,左右镶衬赤金镫,项下缨胸对成双。三人蹬搬鞍把马上,洋洋得意我回转山冈。"唱到得意处,跳出一句道白,"好马呀,好马!"

师长金其基手舞足蹈地唱着,极尽喜色,惹来行人许多目光。他想:你们看,你们仔仔细细看,我是江口镇大族金家的少爷。让你们看个够，让你们明白个事理，天是翻不了个儿的，金家的天下还是金家的天下。"

师长金其基回过头，看见两个勤务兵牵了马远远地跟在身后，匣子枪在他们肘子下方晃荡。

那时候，河堤上响起清脆的锣声。锣声向人昭示又要有杀戮的勾当。师长金其基很得意，胜者为王败者寇，当朝者杀"贼"灭"寇"杀一儆百是天经地义的事情。

屠场就在河滩上。梅江河到秋天水势顿减，河道上有大片的裸露，有一片平整的河滩在清流和堤岸之间，那本来是伢崽牧牛洗猪草玩耍的去处，近日来却成了杀人屠场。

师长金其基抬头望去，看见自己的兵士押了九个衣衫褴褛的"匪寇"在河堤上走着，走向那片恐怖的河滩。师长金其基此时颇厌恶那种与风景不协调的血腥，他决定绕过那片河滩往北走。

可就在这时他听到有人喊他。

"金家少爷！"

喊声来自那群死囚。

"金家少爷！"

师长金其基认出了那张脸。他说："你喊我？你不是那个拖鼻涕的标有？"

那被五花大绑着的果然是标有。标有脸色灰灰，一副哀苦模样。标有说："金家少爷，你放了我。"

师长金其基说："你不是入了红军吗？你们不是在这河滩上开公审会，抡一把大刀剁了我家老爷的脑壳吗？"

标有说："我不会让你白放。"

师长金其基点燃根老刀牌香烟，他悠闲地抽着，脸上僵了一种笑。"那时你们神气，"他说，"你们分了我金家的田占了我金家的屋,将我金家的金银细软米谷牲口分个精光,还剁了我家老爷脑壳。"

标有说:"我不会让你白放。放了我,我对你们有用。"

被押的"死囚"中有人啐了他一口。

师长金其基吐了一口烟,弄出两个烟圈在河面上飘。

"说来我听听。"他说。

标有说:"他们撤退时把东西都埋了,我知道埋东西的地方。"

金家少爷不理会。他看到一群八哥在秋收后的灰白田野上觅食,黄喙黑羽,一点白在两翅之间,三三两两在田垄上跳着。一点什么响动惊扰它们飞起,飞栖在远远的那株老樟树枯枝上,看去像突生了一些黑色叶子。

金家少爷听到标有在远处喊,声嘶力竭。

标有喊:"杀吧杀吧杀吧!他们埋了从你金家弄来的财宝;埋了枪械埋了印刷机;埋了重要文件埋了机密东西!"

金家少爷丢掉了手中的烟头,标有最后两句话打动了他。他招招手,把勤务兵叫到了身边。

"传我的命令,把那姓况的给我留下。"金家少爷说。

二

金家大院在短时间里便恢复了先前的模样。师长金其基荣归故里重振祖业,因此格外重视脸面及门面上诸事,动用了一连的兵士将祠堂及宅院重新粉刷了,依旧设了祖宗灵牌祭坛神龛什么的。金家又重新金碧辉煌,尽显了大家望族的气派。

这座宅院今天很是热闹，宽敞的大厅里摆了樟木八仙桌，桌上有佳肴美味。金家少爷今天请客，请的是捡回一条命的标有。

金家少爷脱了那身军装改换了一套长衫，十足的乡绅派头。金家少爷说："标有，你受惊了，一桌酒肉是为你压惊的。"

标有说："谢金师长刀下留情，怎有脸受如此盛情？"

金家少爷说："我不喜欢来虚伪的一套，我不杀你是因为你嘴里有我感兴趣的东西。你知道该怎么做？"

标有说："那是！"

金家少爷说："你的命和你知道的那个秘密紧密相关，找到那些东西你才能真正保命。我金某有话在先，我只要那些文件，至于财物，三分之一归你。"

标有漾了一脸媚笑，说："谢少爷！谢少爷！"他打着拱手，就差没软下去给金家少爷磕头。

金家少爷一摆手，说："咱们喝酒。"

标有有好长日子没有吃喝过这么丰盛的酒菜，他的筷子在指爪下极尽能事，将那些荤腥好东西夹送到他那张大嘴里。酒喝了两三巡，金家少爷又倒了一杯酒，说："你该说说那桩事了。"

第二天，兴奋不已的金家少爷就按酒桌上策划的做了部署，一边是配合了友军协同向红军主力进攻，另一方面将一些人马迁回到亚口村后山那少谍队后撤必经的几条路上撒网。这一天的三更时分，埋伏在阳其崖附近的人马终于寻觅到少谍队的踪迹。

标有说："你看，我估摸的不会错，他们想送这帮伢出去。"

师长金其基的命令得到不折不扣的执行，就在那个险要之地，少谍队掉进了一张严密的网中。八里地之外的一个破庙里，师长金其基在坐等好消息送来。

师长金其基观天象，见北斗方向众星晦暗，星汉混沌，觉得会出大事。他请过卦师,所得卦相大吉。麻脸道士是当地第一神算,一张金舌银嘴能预测天下事。

　　卦师说:"长官你有好事大好事!"

　　金家少爷说:"剿灭了赤匪乡痞,收复了我金家家财田产,我当然有好事。"

　　卦师面带诡秘地说:"那算什么?以长官你八字掐算,你近来是有意外好收获,升迁有望,鲤鱼跳龙门。恭喜恭喜!"

　　那天他心血来潮多喝了三两盅酒,居然在阎罗殿前拾回一个绝好机会,这使他更相信了卦师的神明。

　　终于能抓住红军少谍队那些伢了,抓住那些短命伢就能找到标有所说的那个地方。金家少爷相信红军埋东西的那个秘密地方定有他需要的东西,那东西对他及党国都至关重要。

　　师长金其基很是兴奋,他坐等有人将好消息送过来。那时天已微微亮了,半崖处激烈枪炮声渐已平息,日头很亮堂地将山野照亮,给霜冻之后的山崖添了别一种颜色。

　　果然有人从山崖上下来,来人是马营长。见马营长脸色灰白急切,师长金其基心里咯噔了一下。

　　马营长对金家少爷说:"实实在在是不可能,一面围个滴水不漏,三面是绝壁危崖,一队活人怎么可能突然间失去踪影?"

　　师长金其基想:我不信会有这种事,我必须去看看。

　　他对马营长说:"带我去看看!"

三

　　师长金其基一行人看见了少谍队教官高营长的尸体。高营长的尸体支离破碎，一张脸已没有脸的模样。

金家少爷指了指高营长的尸体问标有："你认得这个人？"

标有说："当然认得，虽说脸炸走了样，身上已没块好皮肉，但我还是认得，他是少谍队的军事教官，是红军里一个营长。"

马营长说："就这么一个人堵截了我们一连人马有两袋烟工夫。身上挨有五颗子弹，四肢三段，七窍进血，人不人鬼不鬼，大半个身子都进了阎罗殿，却拉响了身上三颗手榴弹，连带我四个弟兄也一命归天。"

师长金其基朝勤务兵招了招手，说："叫人买副好棺木，弄一身利索衣服，好好地将这好佬厚葬了！"

标有愣住，马营长也愣住了。

师长金其基说："那帮伢在哪里走失的？"

马营长指了指前面，前面传来一阵阵瀑流的轰响。

师长金其基朝那边走，边走他边叨叨："要是国军里多几个这样的好佬，也不至于叫穷鬼们闹成这样。"他哼哼了几声，哼得马营长和标有都不自在起来。

师长金其基想象不到冲虚山一带竟有如此险要的地方。一边是万丈悬崖，另两边都是峭壁高耸，一条小路沿了石壁蜿蜒，到涧间便成了绝地。

马营长指着那地方说："脚印到这儿就断了。"

标有说："不可能，不可能！"

马营长白了标有一眼："这种事我能瞎说吗？"

师长金其基没有吭声。他想一队人马要从这地方突然消失那确是不可能的。他抬头静观四周，除了崖壁深涧便是瀑流了。他觉得这事不可思议，他的眉头皱了起来。师长金其基不甘心，他在那儿观察了很久，确信没有什么异样，才决定离开。

他转身往回走的时候看见头顶崖缝里悬了两只蝙蝠。他那时没有多想，觉得能看见这吉祥的东西并不是坏事。

师长金其基带着队伍往山下走，他一直沉思不语。远远能看见亚口村了，亚口村头那株老樟树上栖满了归巢的乌鸦。群鸦在暮色里喋叫，叫出一种悲切。

金家少爷看见暮色里的乌鸦，看见乌鸦他不由就想起那几只蝙蝠，想起蝙蝠的瞬间他不由猛拍了一下脑门。那突如其来的动作叫身后的标有一愣。

金家少爷说："蝙蝠？深秋季节大白天哪儿来的蝙蝠？他们是从洞子里逃脱的，那崖壁下肯定有溶洞！"

马营长说："那我们循迹去追。"

金家少爷说："来不及了，他们逃到林子里去了。"

标有说："可是……我们不能放了他们！"

金家少爷说："当然！他们跑不了！"

金家少爷立刻就将队伍又做了部署。他没忘了叫人注意山里的一切动静，注意进出的人，注意烟火。他说："这帮短命鬼们总挨不住肚饥的，他们总会起火做饭。哪儿腾了烟哪儿就是目标。"

标有连连点头，说："师座英明！师座是再生孔明！"

金家少爷觉得有点恶心。他笑了笑，笑出一种捉摸不透的模样。他看见这个红军的叛徒正用疑惑的目光看着自己，正为弄不清这含糊的笑里的真正意味而诚惶诚恐。金家少爷觉得这很好玩，他掏出根烟点了在风中狠狠抽了几口。几口烟出来，金家少爷脸上的愁容随烟飘然而逝。

师长金其基说："小小年纪挺不了多久的，没有吃食，没有衣穿，没有遮风遮雨的屋住，什么都没有，他们能挺多久？"

标有说:"那是!"

师长金其基说:"饿了冷了,他们自然会从山里出来。"

标有说:"那是!"

金家少爷最后说:"我要收养他们做儿子,金家又要有很多香火了。"

标有还是那么两个字,他说:"那是!"

金家少爷笑笑,指了远处一只游狗,说:"四脚东西只会哼叫。"

标有愣住。标有想说"那是",却把这两字吞了回去。

夜幕四合而来。

## 第五章

一

金家少爷所期望的情景并没有出现。莽莽林海里，袅袅的烟出现过几回。那烟曾叫围捕者兴奋不已，待循踪觅迹，却是几个烧炭的樵夫。

师长金其基有点疑惑，他说："几个毛头细伢真有未卜先知的本事？"少谍队没有超凡脱俗之人，他们都是些普通的细伢，但是少谍队有个久经世面的万邦。万邦虽说十二三岁年纪，但在千斗的山寨里出生入死却有十年，那些应对危急的策略他见得多了。

一群伢躲在遮天蔽地的大林莽里。山里有的是吃的，天上的飞禽，地上的走兽，枝头挂的地上长的，填肚子的东西不愁。白天，伢崽们待在山洞里。武夷山脉赣南的这一段，曾经是山匪争斗的地盘，凡能隐身的秘密地方，万邦皆了如指掌。万邦带了少谍队这一群细伢在山林里昼伏夜行。白天有三个两个伢出来，觅食探消息，到山崖各处为受伤的同伢找草药。到夜里，大家才从山洞里出来，在隐秘地方烧火煮食，一边就沤些炭屑出来。那黑黑的炭屑来之不易，在坡上抠出一个特殊的洞窟，弄些干棍棍在洞里烧了，烧得半燃不燃就将那洞窟封了沤，就沤出些黑黑炭屑。白天在洞里便靠了这些炭屑取暖烧食。有时候索性就到山里炭窑里取些现成黑炭来。山里有很多炭窑，山民到秋天就去山里烧炭，烧了炭上集镇换零用钱。这些天，进山的人顿减，烧好的炭也久久没人理会。

月照和万邦他们躲在洞子里不知道山外发生了什么事情，不过他们觉得有点蹊跷。

第四天，大家商议决定派人下山。

月照说："该下山探探消息，不知队伍现在是怎样个境况。"

万邦说："弄些盐巴和刀枪药来，同伢的伤口总不见好。"

超清说："整天待在这山里，不饿死冻死也要闷死了。"

万邦说："你个城里呆子，你懂什么？"

城里伢超清不再吭声。这些日子他头昏沉沉的，他觉得应该挺住。他怕大家瞧不起他，他最怕万邦瞧不起他。

## 二

一条羊肠子小路曲曲弯弯由山里扯出来，冲虚山是造物主捏就的一段险要，随处可见陡坡危崖，但路是选在陡险之间的最微妙地方，有十足的景致在细窄的山路裹缠之中。

两个伢在漫散的晨雾中从那条路上走来。

走来的是又硬和有根。他们变换了一种装束，看去像两个挖药的山伢。大山里有采药人的一间小屋，许是战乱，人去屋空。那一天，几个伢就得了两个竹篓几只两齿耙耙，还有一筐子草药。当时又硬说："我当是粮米，尽这些根根蔸蔸的东西。"可是又硬没想到那些东西今天却派上用场。

两个伢用长巾裹了头，肩上挎了背篓和锄，俨然像是采药的行家。走了一会儿，又硬突然止住步，他拉住有根，一只手就指了前边山脚。山脚处有个村子，一些屋高高低低地蹲在那里。有一座木桥从溪河上跨过，将小路引向村子。小桥上，两个背枪的人守在那儿。在山路的拐角处，又硬一把就将有根扯到路边的灌木丛中。

有根没留意村落里的异样，被又硬一扯，扯出一脸的问号。

又硬说："你看！"

有根看见木桥那头两个背枪的白军在堤岸和桥之间的地方游走。两个人又绕了几处地方，发现凡要道口都有白军把守了。两个伢到底机灵，又都在这一带山里长大，随便找了个空子，泥鳅似的从敌人眼皮底下钻了出来，来到一个热闹的村镇。

角凹村就在梅江急拐弯处一凹进的山脚，村子不大不小，却因了地形的特殊，常有排客船夫商贾盐贩到此处歇脚，因此也是个热闹的地方。

角凹村东面街口有一家药铺，药铺老板是个秃顶。秃顶老板大中午在西向的老墙下一边晒日头，一边就用碾槽碾药。

哐当哐当，碾轮在角槽里滚动，那些枝梗东西就成了黄黄药末。徒弟在一边打下手，从铺子里取出一些坛罐，小心地将药末装进罐里。徒弟人小手脚不稳当，常常有粉末弄到地上。

药铺老板抬起头来，当时眼就鼓了，但鼓起的眼立刻就有了一点惊讶，他看见两个伢背了药朝铺子走来。

来的恰是又硬和有根。

又硬说："老板要药吗？上好的草药。"

药铺老板说："你们到里面来。"

他们走进门，药铺老板示意徒弟守住铺子，自己带了两个伢径直走进里间，走进里间后他仔细地看了看两篓草药。

药铺老板说："药是好药，你们要多少钱？"

又硬说："看你是个爽快的人，我们商量商量吧！"

药铺老板笑着说："你个细伢倒真像个老手。"

又硬说："我看见村镇里乱糟糟的。"

药铺老板说："兵荒马乱时候，免不了。"

又硬说："还在交火？"

药铺老板说："红的白的颠来倒去地打，据说这回白的几十万大兵压境，红的抗不住，被人剿灭了。"

有根呀地叫出了声。

药铺老板说："你们好像是地缝里钻出的，世面上的变迁，你们真个不知道？"

又硬说："倒是听到山外枪炮声没日没夜嚣响，却不知世事十天半月的有了这么大的变化。真是'山中一日，世上千年'。"

药铺老板说："你们倒是能说会道，但这世道还是少说的好，祸从口出。现在四处都在抓人，抓住了就没道理好讲，咔嚓一下剁脑壳。"

"啧啧！"有根说。

药铺老板将两只篓里的药倒在地上，说："连细伢也不放过，你们来时没见那告示吗？"

又硬问："什么告示？"

药铺老板说："说是有一帮少谍队。"

有根打了个冷战，但被又硬捏了一下手臂。

药铺老板说："一帮伢也不放过，说是抓住一个，赏钱多少。"

又硬说:"几个细伢能有个什么?"

药铺老板说:"也是,不就几个细伢!他们还兴师动众地封了山,很像一回事,也不知为个什么。"

有根说:"啧啧!"

药铺老板说:"外面乱乱的,你们还是早些回吧,叫人当少谋队给抓了,一百张嘴也说不清。"

又硬说:"就是!"便扯了有根要走。

药铺老板说:"嘿!你们把卖药的事给忘了吗?"

有根说:"也没有太多的商量,我们以药换药如何?"

又硬扯了有根一把。有根说:"你总是扯我,你扯我干吗?"

药铺老板眯着眼睛笑,他从柜台上半天弄出一些东西,竟然是刀枪药,又从里屋弄出一团盐巴。

又硬惊了一下,继而是疑惑。有片刻他曾想拉了有根撒腿就跑,但一想既然被药铺老板识破,他若真想讨得那笔赏钱你瞎跑也白搭。

药铺老板说:"这些东西你们拿好了,怎么来的就怎么回去!"正说着街上一阵狗叫,药铺老板将两个伢藏在板楼上,他出外看了看动静,回来对两个伢说,"街上有些兵士来来去去,你们挨到天黑再走不迟。"说着他就吩咐徒弟去灶间做饭,做出一大锅饭、一大钵红烧肉,然后看着两个饿急的伢狼吞虎咽的样子在一旁笑。

## 三

又硬和有根带了那些急需东西回来,却没有带来好消息。大家坐在山洞里,愁容阴云似的罩了每个人,长久地没有人吭声,大家都坐成了一些石头。角落里，南秀在给同伢上药。伤痛从创口漫上来，像一群小小虫子在心上噬咬，钻心地痛，同伢却不肯哼哼，怕加重同伴的忧虑。

万邦说："有什么？咱就在山里，咱做山大王。"

城里伢超清说："你以为还是从前？你以为做山大王就行？"

万邦哼了一声。

三发说："万邦你哼什么？这话也不是没道理，千斗总归是好佬了吧？可后来叫别人困在山里成瓮中鳖，不是红军相救，千斗那帮绿林也早就做了刀下鬼。"

万邦半天没吭声，他拈了一截黑炭在洞壁上胡乱涂抹。后来万邦说："那侬你怎么办？"

承禄说："粮米没有了，眼见天要落雪，我们会冻死饿死的。"承禄说这话时带了一丝哭腔。承禄自己也觉出话语里有不对路的地方，但他没法说得更镇定更好。

万邦说："就是死也要死得有脸面。"

承禄说："横竖队伍也找不到了，剩了我们几个伢也成不了大事，不如大家回家？"

三发说："呸！你睁了眼说瞎话，我们都没个家，我们回哪儿？"

又硬也说："要走你走！你不要昧良心做叛徒。"

承禄急了。承禄说："又硬你说我做叛徒？我做叛徒我不是东西！"

月照一直没吭声。月照没想到局势会这么严重，原来想，无非就坚持个十天半月，至多也就一个月两个月的，队伍就会打过来。但又硬他们回来把消息一说，月照就沉闷了。晚上吃饭时，就胡乱吃了稀稀一碗野菜糊糊。他不想吃，金参谋死了，高营长也死了，队伍早没了消息，他的心事就重起来。他听了同伴们七嘴八舌的议论，心里就像有什么东西七上八下地不知在胡搅什么。月照平时是很有主意的，但月照此时却没了主意。

这天大家一致的意见是再派人去摸摸情况。于是有三组人分别往三个方向去了，回来时将所见所闻一一摆出，印证了又硬和有根的消息确凿无疑。

一向勇气十足的万邦也蔫软了许多。万邦不是怕死，只是觉得心里憋气，整天老鼠似的被围在洞子里，那不是万邦的活法。

那些日子，月照明显瘦了。这些伢中，只有月照年纪大些，参加红军也最早，但从来是别人给做主张，如今面对了这局势，叫月照拿出个具体主意，实在有些难。

作鸟兽散？显然是不行，下了山，就会让白匪抓住。白匪什么事都干得出，何况月照心里明白敌人对他们几个伢下如此力气是为的哪桩。

就待在山里？可吃的穿的，还有药哇盐巴等一切所需都是问题。他们能坚持多久，月照心里也没数。

月照觉得心里空荡荡的，有时候他就看万邦，想从万邦那儿讨个主意。月照这时觉得自己很无能，枉然比大家年长一岁。

这时万邦说："不如给那帮狗东西一场教训，告诉四乡八邻咱们红军还在。"

月照想：如果不成功，鸡蛋碰了石头，十几条命就白白送去。可是，若反对万邦，你又能拿出更好的主意来吗？

月照说："让大家拿主意吧！"万邦斜眼溜了月照一眼。月照低着头，感觉万邦异样的目光在他的肩头扫过。

## 四

万邦将话一说出，林子里顿时热闹起来。

允中说："这主意好，整天在黑暗里活着，跟死了又有什么两样？不如痛快打一仗拼个高低死活。"

有根说："允中，瞧你！"

超清说："允中的话又没有错。"

有根说："我没说他话不对，我说允中那么胡说不吉利。"

超清说："金参谋高营长他们要活着，一定也会赞同这主意，狠狠地教训一下白狗子。不然，还真以为又是反动派的天下了呢。"

"就是！"有几个人应和。

承禄那时候在掰一根枯枝。他下意识地掰了截枯枝，将手指粗两尺长的一根枯枝掰成三寸长的一截，掰一根就朝火里扔一根，呆看那枯枝在旺火里灰飞烟灭。

承禄终于忍不住了，他把最后一截枯枝扔进火里，跳了起来。"不行！"他说。

众人愣愣地看着承禄。有片刻，承禄也惊讶说这话的会是自己。

"不行的，"他声音软了许多，"我们才十来个人，全都是细伢，又疲惫不堪，还拖了些伤病的累赘，还不是去送死？"

同伢在那边听了，一脸的气愤。他撑着想站起，却站不起来。

同伢说："承禄，你说谁是累赘？"

承禄说："明摆着你受了伤。"

同伢说:"这点伤算什么!我双手还好,手没废就能打白狗!"

承禄说:"可你脚伤走不动,你要人扶。"

同伢蹲起,他朝承禄扑过来,但他终是趔趄了两下,重重地倒在地上。

万邦走过来,猛一下揪住承禄。

月照说:"万邦,你要做啥?"

万邦说:"我替同伢揍他!"果然就狠狠地扇了他一巴掌,黑暗中有脆亮的一响。顿时,承禄捂着嘴,指缝间一滴滴殷红的血往下滴。

城里伢超清将万邦拉开,说:"队伍里不兴打人的。"他回过头,对承禄说,"你是什么成分?"

承禄说:"你问这干啥?"

超清说:"你告诉我。"

承禄说:"你问这……"

超清说:"你不说大家也都知道,你在城里做过药店学徒、手工业者,不是地道的贫雇农出身。"

万邦说:"就是!也不知当初怎么就将他弄进了少谍队!"

承禄抹着嘴角的血,不再吭声。

这一天,少谍队的伢们决定了偷袭的计划,但是决定不让承禄参加,同时留下的当然还有南秀和同伢。同伢不从,万邦将利害关系及重要性一一列出:一是他的伤,二是守住基地及怀疑分子承禄。他说干了口舌同伢亦不从。

只好给同伢弄了副拐杖,让同伢随队伍走。同伢一脚高一脚低强撑了跟大家走了一截,走几步跌一下,跌得鼻青脸肿。眼见得实在是不能跟上大家,就把拐杖一扔,蹲在路边大石头上号哭起来。

## 第六章

一

标有当了靖卫团团长,手头捏了百十来个人,二十支枪,占了东街米铺黄老板家大宅做队部。其实已完完全全是团长标有的私宅了。米铺黄老板的屋院宽敞且新,皆三进式样的屋子,粉壁青瓦,雕梁画栋,在江口镇也算是上等气派的屋院了。但米铺黄老板帮助红军,在粮米军火上给接济,这回国军回来,叫人拖到河滩上"咔嚓"了,一家老小被赶到乡下,这上等好屋空下来让标有给占了。

标有现在很神气,穿细羊毛里子大袄,戴一顶瓜皮小帽,腰间别两样东西:一是德国造匣子枪,二是金黄锃亮的水烟壶。标有再将上好的鞋袜穿了,留一撮山羊小胡子,完全就是一副乡绅派头。

神气的标有尤其喜欢云开日出的天气。这种日子,标有得空闲就会搬一张太师椅坐在厅屋天井处抽烟。天井开得很大,瓦檐上有雕花镂兽,井沿是青石砌边,四角有四只小小石狮,雕镂得精致奇妙活灵活现。

又是这样一个日子。标有架了二郎腿摆了一种姿势在那儿有板有眼抽水烟。一只手端了那水烟壶过来,一只手就捏了那截火媒子。水烟壶夹在两膝间塞烟丝,塞满,噗一下吹燃纸媒,小心地点了,就大口大口抽,弄出一种呼噜呼噜水响。标有大睁了眼吸入,微闭了双目吐出,很是有滋有味。

这时候,从厢房闪出一团浓艳。

来的是标有新娶的婆娘。标有现在时来运转有了身份,有了新衣新屋当然也该有新人。一直做光棍的标有那天上街看见这女人,突然有了娶亲的想法。

那女人是东街屠夫的女儿,脸盘子倒还过得去,只是一身肥膘,二十好几也没能嫁出去。那一天碰上标有,标有说:"嫁给老子!"屠家胖女笑。

标有说:"你嫁也得嫁,不嫁也得嫁!叫王屠户找个媒,杀两头猪,寒露那天我叫花轿来迎亲!"屠家胖女还是笑,笑出满脸喜色。

亲事就这么办了,那一天搅得江口镇热闹得如同过年。

## 二

"你没有去妙峰寺吗?"标有婆娘说,"说好了今天去妙峰寺还愿,你不去?"

标有正呼噜了吸水烟。婆娘的尖尖嗓子吓了标有一跳,一口烟就不上不下在喉管里好半天吐不出来,弄得标有一阵咳嗽。

标有说:"你声音粗得像打雷,冷不丁吓我一跳。"

标有婆娘说:"你作多了恶,要不然大白天惊成那样?"

标有说:"我作个什么恶?金家少爷剁了多少人脑壳,还不是风风光光一个大人物？"

标有婆娘说："你和金家少爷比？人家妙峰寺捐过多少钱！"

标有说："我不怕！"

标有婆娘说："你不怕？刀架在你脑壳上据说你屎尿肆流。你捡回一条命，大难不死有后福，你还不去谢菩萨？"

标有说："我去就是！"

标有将匣子枪、烟壶都扔在家里，独穿了一身长褂去妙峰寺。妙峰寺在妙峰山脚，一条路曲曲弯弯地扯了像一个草书的"佛"字。妙峰寺山门大开，寺内香火缭绕。老和尚正敲木鱼口念经书，忽觉左眼角颤颤地跳了几下。他睁开微闭的眼，看见大开的山门里框着一幅风景，风景中两个蝇头似的东西越走越近。

有一袋烟的工夫，老和尚认出是标有夫妇。

老和尚默念两声："阿弥陀佛！"

标有婆娘说："我们标有还愿来了。"

老和尚没吭声。

标有婆娘点香燃烛，扯了标有跪在了蒲团上。标有婆娘说："师傅，我家标有捐五石稻米给寺庙，多给我们在菩萨面前尽心意，叫菩萨保佑我们平安无事。"

老和尚点点头还是没吭声。

出来时标有说："这和尚像是哑了。"

标有婆娘说："佛门里玄机不可说破。"

标有想：鬼！过去做乡痞时我偷过庙里供品，叫这秃头家伙抓住，我打了这秃顶一掌，他恨我哩！

## 三

天气很好，当头艳阳高照，四处明朗朗的。田野里初冬的萧瑟和灰蒙被艳阳照出了很多的生机。一条溪从山里淌出来，远没有春汛时那汹涌的水流，或大或小的圆圆卵石裸露在河滩上，那溪水就在石缝里跳，一直跳流到梅江里。正对面也有一溪河。一大两小的三股水到这里交汇，春里发大水，有一大两小的三条浊龙在这里咆哮。

江口镇就在这三水交汇处。古人多以溪河划邑界，因此也恰是三县的相接处。由于地理的特殊、交通方面的便利，江口镇从明代时渐渐发展起来成为几百户的大镇，也成了方圆百里内重要的商埠。梅江曲里八拐将三座县城连接在一起，又直通赣江，自然也与赣州相接。竹排顺水而行，两天内能到赣州。江口是武夷山脉这一段诸山与外界连接的门户，又是人来客往的繁华地方，自然数年间成了红白两军的必争之地，历次"围剿"与反"围剿"的战役都在此打得最最激烈。

标有夫妇开始往回走。

镇子里恰逢赶集，四乡八邻的村民都三三两两来江口赶集，远远地看见街市上人头攒动、鸡飞狗跳。

标有婆娘说："少谍队那帮伢还没个消息吗？"

标有说："几个伢能挺多久！"

标有婆娘说："人家金家少爷给咱许多好处，咱不该无功受禄，咱该早点帮少爷把红军藏东西的地方找到。"

标有说："嘿！你管得倒宽！"

标有婆娘说:"我是替你急。你要不把少谍队那帮伢抓到,弄出藏东西的地方,金家少爷说革你的职收你的屋那是一句话的事。"

标有远远地看见几个兵士守在镇口,他没有理会。

标有心里想:鬼晓得,说不定真找到了那东西我一切都完了呢。金家少爷是个什么人物,心思永远叫你摸不透。也许找到那东西他要灭口要独吞呢!

## 四

一九三四年农历十一月十六,这个季节正往腊月迈步。山里的隆冬比别处来得早一些,幸亏了那当顶好日头,四处才洋溢了诸多暖意。

这一天师长金其基去了赣州,公私事参半,他去拜访了父辈的一些旧交好友,也会见了许多往日的同学。天气很好,师长金其基心情也不坏,对于接二连三的宴请他应对自如,显足了绅士和军人的双重风格。

这一天,标有婆娘说去东街看看父亲王屠户。王屠户见郎婿来,乐得秃脑门油光溢动,摆了一只卤猪头要和标有喝几盅。

标有虽精瘦精瘦,但做乡痞时练出一副好酒量,直把王屠户灌得眼小嘴大,弄出满屋子酒气和滑稽。

标有婆娘说:"你个天杀的,你看你把我爷灌的!"

标有说:"能怪我?他自己要喝。"

标有婆娘说:"我要服侍我爷,你成心不让我回家!"

标有说:"你不回,你不回就是!"

天渐黑了,标有婆娘果然决定留下来,标有没吭声。标有打着饱嗝，一脚高一脚低往西街的窑子走去。

也是这同一天，少谍队十几个伢开始向江口镇进发。行动之前，他们在林子里研究了偷袭的具体方案。

突击的目标选在江口，但少谍队没人知道这个时候金家少爷不在江口。六十里路以外的江口，白匪正规军有两百人，民团有百多人，没人知道少谍队十几个半大的伢竟敢"鸡蛋碰石头"，借了山高林密的掩护正往这个三县相夹的重镇奔袭。

月照他们一路上并没有遇见什么麻烦，在北斗初现的当儿，他们到了江口的西街，少谍队十几个伢就隐身在靠近西街的一间牛棚里。他们一路上并没有遇到太多麻烦是因为"围剿"的胜利、"赤匪"的消灭，让政府正规军和民团武装都有所松懈，何况师长金其基去了赣州，群龙无首，少了许多管束，就有了些许放纵。这一切，无意间让月照他们钻了空子。

为稳重起见，月照还是派了又硬和允中先去探摸一下情况。

牛棚的土墙上有很多洞洞，冷风从那些洞洞里往里面灌。

有根说："冬日野地里有许多孤魂野鬼。"

城里伢超清说："哪儿来的鬼？乡下人就是迷信！"

有根说："怎么没有？我们村长眉老倌一世见的鬼多了。那年村里发水，他半夜里起来守堤，看见一个小女鬼披头散发獠牙碧眼。超清，你要有兴趣我给你讲鬼故事，我肚子里有个故事篓篓。"

超清望了望四周，顿时有了一种阴森感觉。他看见两个黑影在那边晃跳，他不由得往月照那边靠了靠。

# 五

来的是又硬和允中。他们将镇上敌情摸出了个大概。

又硬说:"金家少爷去了赣州。"

允中说:"东街绸布店老板娶亲,大多数人都去东街喝酒了,正忘乎所以闹新房呢!"

月照说:"天助我们!事不宜迟,咱们去金家大院。"

标有正在那家叫"雨春"的窑子里和鸨婆说话。忽然听到窗外杂乱脚步挤满一条巷子,他支起耳朵细听,听到打门声从那边传来,声声紧急。

标有喊:"什么事弄出这般纷乱?"

鸨婆说:"是马营长,马营长有急事找你。"

标有说:"他找我不会有好事。"

标有不敢耽搁,忙穿衣服出来。

马营长一脸火气,衣衫不整。

马营长骂:"你倒开心,在这儿取乐,金家大院都叫人劫了!"马营长向来瞧不起这个红军叛徒,偏师长金其基格外器重这乡下痞子。

标有说:"马营长你说个明白,到底有个什么事?"

马营长说:"你自己看去!"

标有去了金家大院,看到那场景,当时脸就灰了。

那个平时排场华丽的金家大院,现在像一只开膛死猪,邋遢一摊地呈现在夜天之下。

马营长说:"过几天师长就回来了,你看,你看!"

标有完全蔫了，一时没了主张。

标有说："马营长，这怎么弄的？"

马营长说："你问我，我问哪个？"

标有说："怪了，山匪多年没有了，红军又被剿灭了，会是谁呢？"

马营长说："有人看见几个娃娃。"

标有说："肯定是月照他们，是少谍队！"

# 六

这一天晴空万里。江口的码头上停靠着一只排。排是新排，一只油布棚子很招惹诸多眼睛。排靠岸后，一个挎匣子枪的大兵掀帘而出，其后紧随着师长金其基。

金家少爷今天从赣州走水路回来。他脸上看不出什么风尘仆仆的模样，倒是很欣然很平静的一种样子。

码头上，标有率众在那儿迎候。他穿了一身青布长衫，眼睛看了一棵对岸的老柳树发呆。他看见那排靠了岸，金家少爷从棚帘里出来，顿时就紧张起来。

师长金其基说："标有，你客气，还来码头接我。"

标有说："碰巧了，我带了弟兄在街子上巡逻，都说西布烟来了个神算师傅，我有意带弟兄去算算，人说你来了。"

师长金其基说："你算命算了吗？运道怎么样？"

标有说："不算我也知的，背时呢！"

师长金其基说："看你脸色不对，我不在家这些日子，有个什么事吗？"

标有说:"标有枉费师座栽培,标有罪该万死,标有没看好金家大院,让那帮红军伢给劫了。"

师长金其基说:"这事我听说了。"师长金其基说这句话时笑了一下,让标有感到诧异,那些汗在寒冷天气里不由得从标有额角手心各处冒了出来。

管家在跟金家少爷报告那晚损失的情况,金家少爷已将军装换了。他穿了一件长衫,更做出许多的斯文来。马营长和标有被安排在两边站着,一只苍蝇在标有光亮的头发上颤动翅膀。

管家说:"他们把米仓烧了。"

金家少爷点点头。

管家说:"他们烧了牛棚。"

金家少爷点点头。

管家说:"他们还烧了账本什么的。他们本来还想烧大屋子,多亏大家赶得及时,将火浇熄了。"

金家少爷拿出根烟点了,他开始静静地抽烟。

管家说:"他们在油缸里撒尿,他们将猪屎狗屎涂在金家祖宗牌位上。"

金家少爷说:"是吗?"

管家说:"篓箕装的短命鬼!他们还在你床上屙了堆屎,少爷你别生气。"

金家少爷说:"他们来我家就是要烧几间屋,在我床上屙泡屎?"

管家说:"他们抢走些盐巴,还有一些粮米。"

金家少爷将手中的烟蒂狠狠抛到天井里,标有看见那烟头嗤一下熄了。他想:他终于要发火了,他被那些没名堂的偷袭惹怒了。

标有听到马营长说:"师座,你息怒。"

"哈哈哈……"金家少爷笑了,长长吐一口气说,"息怒?我息个什么怒?"

标有愣了,马营长愣了,管家也愣了。

金家少爷说:"我当再也找不到这帮伢了,他们倒找上门来!这次在赣州,上峰还问起赤匪少谍队这几个伢。我当他们早让豺狗吃了,饿死冻死在山里,但他们却还活着,不用我劳神找了。"

马营长说:"我明天就进山。"

标有也说:"明天……明天我们进山。"

金家少爷说:"好吧,该干什么你们干什么,你们明天进山。记住,我要活的!"

意外地没有被师长责怪,标有一块石头从心头被掀开。标有对金家少爷有满心的敬仰,这才是大人物!标有想。

## 第七章

一

承禄坐在那里剔指甲,他很无聊。现在这山洞里只有三个人,一个烂着伤口的同伢,一个瘦瘦小小的妹子南秀,再就是自己。

承禄觉得有些后悔,后悔当时不该说那话,以致被人认为是怕死,继而被人怀疑。现在大家都去打仗,自己却叫一个伤员和一个妹子守着。他不时抬头看同伢和南秀,发现那两个人也在看着自己。

承禄说:"我是过继的,我爷不是我亲爷。"

同伢说:"你扯这劳什子干啥?"

承禄也知道扯这些多余。少谍队中每个成员都是孤儿,上头当初就是用这么个标准到各处的队伍上选人。毕竟少谍队是培养执行特殊任务的角色,为安全想,成员社会关系当然越单纯越好,再说细伢家终究不同于大人,他们需要一个"家",没家没爷娘的细伢自然将红军当成他们的家,他们当然死心塌地。所以他们彼此彼此,他们都是些没爷没娘的孤儿。

南秀在给同伢砸药,将一些草梗树叶什么的砸成一些青青浆汁。她在那块石头上砸着，砸了几下，说："就差七叶一枝花，我爷说那是治刀伤的上好草药，但那药长在高崖上。"

那时承禄心里跳出个主意，他突然就跳出那么个主意。

承禄哎哟了一声。

同伢说："你怎的了？"

承禄说："我肚子痛，我屎急了。"

同伢说："你尽名堂，我跟你去！"

南秀说："你莫动，你要洗伤口换药你莫动！"

承禄笑。承禄说："我屙泡屎我就回，我总不能屙在洞子里臭臭地熏人。"

同伢说："那南秀去！"

承禄说："一个妹子家，你叫人家去？你问人家愿不愿看男伢屙屎！"

南秀红了脸。南秀摇了摇头。

承禄说："就是！不如这样吧，南秀你在洞口，你叫一声我应一声，这样总行吧？"

同伢看看南秀，南秀也看看同伢。最后，两个人在昏暗中点了点头。

承禄从洞子里走出，他揉揉一时不能适应的眼睛，开始往坡下走。南秀喊一句承禄就应一句。坡下有一大片茂密的林子。承禄走到一块大石头后面，南秀喊："承禄？"承禄说："我在！我开始脱裤子了。"南秀又喊："承禄？"承禄说："啊呀，你别喊了行不行？我正屙屎，你一喊，我屙不出。"南秀喊："承……"喊了个"承"字犹豫了，后来就没喊。

但承禄那时并没有脱裤子，就在那个当机，他一猫身，蹿出那林子，往山崖那边走去。

南秀在洞子里等，等了有一袋烟工夫，想想承禄也该屙干净了，喊了一声："承禄?"却不见人应。又喊："承禄！承禄！"还是没人应。南秀慌忙出来，找遍那片林子，不见承禄踪影，心一下一下抽紧，脸就变了。南秀在日头下哇一声大哭起来。她呆了一下，折转身，飞快跑回洞子里，一边跑一边喊："他逃了，他真的逃了！"

"狗东西！"同伢骂，"果真是胆小鬼是怕死的东西！"

南秀呜哇地号哭，伤心万分。

同伢说："狗东西他跑不了！你不要哭了，他跑不了！"

## 二

承禄并不是想逃跑，他无心做逃兵。他只是想向同伢和南秀证实自己并不是胆小鬼。那时候他心里闪过一个念头，那念头很单纯，承禄并不知道那一闪而过的念头后来会引发那许多的意外事故。他想去崖壁上采七叶一枝花，采来那药能给同伢治伤，更重要的是让大家看看，承禄不是胆小鬼，不是无用家伙。

南秀在林子里满世界寻他时，承禄已走出那山凹。他就这么一直走到那座高崖脚下，崖很高，刀削似的陡。承禄过去也随师傅进山采过药，由师傅指教某药是个什么习性是喜生长高坡向阳处还是好长在那阴湿崖壁地方，因此承禄知道名贵好药总是长在险要地方。并不是别处不生不长，而是非险处早被人采光挖光。承禄望一眼那高崖，晓得那地方一定有自己企望的东西。

承禄抬头往上望，那崖有十来丈高，正好是背阴，崖上凹凸的地方皆长了茂盛矮松和苔藓，还有就是各种草木。承禄看看那陡峭的崖，石头凹进或凸出，那是唯一能攀手和踏脚的地方，难说随时就崩塌了。承禄实在是没多大把握保证自己能爬过去。

　　承禄低下头紧闭了双眼，眼前就浮现了万邦他们那些脸。承禄咬咬牙："老子不是胆小鬼！"他啐了一口，抬头时，看见一只鹰在高崖处盘旋，令承禄有点昏眩的感觉。尽管如此，承禄还是咬咬牙，开始小心往崖壁上攀登。

　　同一时候，南秀正在洞子里哭得呼天抢地。而在八十里之外的地方，偷袭成功的月照他们忘却了瞌困和肚饥，正欢天喜地往大山密林处走来。

　　日头偏西的时候，承禄好不容易爬到崖壁小半地方。他不敢往下看，看一下，心就紧抽一下，眉皱脸歪，胸脯地方像揣了一只兔，上上下下狂跳，额头的汗珠不住往下掉。

　　承禄终于看见一棵七叶一枝花。那株枝从头顶两丈远的地方探出，山风一吹，在那儿枝叶招展地摆动，好像一种美好在向承禄诱惑似的招手，让承禄增添了许多的胆量和干劲。

　　偏偏这时出现了那只鹰。

　　其实那只鹰一直在留意这攀崖的男伢。它在远处的高空盘旋，等到承禄才要靠近那棵植株，那鹰突地就叫了一声，从高空猛然俯冲下落，直往承禄逼近，那喙爪就啄抓承禄。那时候，承禄感觉一阵风从耳边掠过，手背处泛起钻心疼痛，他险些就松了手。他呀地叫了一声，稳住神，趁鹰飞远的刹那，跳到一处凹进的岩缝里。

　　承禄弓着身在那儿蹬脚舞手地骂："你鬼打的，你啄我，你个老鹰也来欺负老子！"

　　后来承禄有点纳闷，他想：怎么这鬼打的东西无端地就欺我？就往四处睃望，果然望到上端不远的地方有一只鹰窠。

承禄想：难怪，它抱了崽呢，它以为我是掏它的窠。

承禄四处又看了看，离那七叶一枝花就差那么一丈远，他不能因为一只鸟就将那努力放弃。他捡了些岩石放在衣兜里，歇了口气又开始攀缘。待鹰飞过来时，他掏出几块石头向那飞鹰抛去。有一块打着了鹰，鹰叫了一声，惊飞远去。

承禄就利用这间隙，猛一下攀上了那地方。他抓住了那珍贵草药。

现在他满心喜悦，开始一点一点照原路下崖。他想象着跟同伢万邦他们见面的情形。他想：我要很神气地对他们说话。承禄下了崖，他拍着身上的沙土。

就在这时，他感到后脑有冰凉的什么东西硌得人难受。他回头，看见几个人将他围住了。

## 三

承禄正往高处攀爬时，几个无聊进山打猎的人正往这边走。他们本来已经走过去了，但这几个人听到一声鹰叫，那声叫让他们抬起了头。一抬头，他们看到了承禄。

有人说："是个伢！"

另一个说："这种地方冒出个伢？会不会是在布告上写的那帮伢？"

几个人中有一个是标有过去乡痞中的朋友，仔细辨认后一拍大腿说："真该我们发财！那确是少谍队中的一个伢，那伢我认识的。"当下几个人就埋伏在崖下，只等承禄下来。

承禄感觉后脑被冰凉凉的东西顶住，他回头，看见一伙人将自己围住。承禄心想：完了，碰到敌人了，但看看这几个人，又觉得不像。承禄倒还镇定，他继续拍着身上的沙土。

承禄说："用铳顶着我好玩？当心走火！"

那个叫六指的乡痞说："走个什么火？走了火，到手的银洋就飞了。"

承禄说："我不懂你的话。我来这儿采药，采的是七叶一枝花。这东西若值钱你们拿去，我再攀上崖弄一株就是。"

六指说："算了，你别装，我是亚口村的六指，我认得你。你是少谋队的伢！"

承禄想：完了。有一刻他突地眼前发黑，脚软软的。六指说："这附近还有你们的人吗？"

边上一个就说："肯定有，怎么会没有？"

另外一个说："叫这伢带了去！"

承禄抬起头，说："好，我带你们去！"

承禄带着这一行人往同伢他们藏身的山洞相反的方向走。

## 四

月照他们穿山越岭走了近一天，才远远看到那片林子。他们并不知道，就在他们走近那洞口时，在不远处那高崖下面，几个持铳的汉子押了承禄往他们相反的地方走去。

超清说："昨夜最难过就只一个人。"

月照说："谁呢？"

超清说："能有谁？金家少爷呗！"

万邦说："那是！一刀捅到他要害，汤浇了他蚁穴，火燎了他蜂窝!"

大家顿时来了劲,热情顿生,将饥饿瞌困全丢到了脑后。

有根说:"烧了他米仓牛栏猪圈柴屋绸缎被窝狗皮大袄,看这家伙怎么过年!"

又硬说:"他家油缸里全是香喷喷新茶油,我在他家油缸里屙了尿。"

允中说:"你没见他家那张床,结结实实大樟木,飞龙舞凤虎跳梅开。我气不过,临走逼出泡屎臭了他家风水。"

万邦说:"金家那卫兵不识相,张手舞脚地扑来要拼命。我当时一杆枪顶在他脑门上,他充好佬,不哀不求不眨眼。他充好佬,我就那么一抠指头,他半个脑壳就飞了。"

月照说:"可是有平、正力两个却牺牲了。"

万邦说:"打仗能不死人?舍不得伢崽套不住狼!"

月照说:"好端端两个活人就这么没了性命。"

万邦说:"月照,你总没完没了说。打仗能不死人?"

月照说:"好好的他们就不能一同回来了。"

万邦说:"那有什么?二十年后又是一条好汉!"

月照说:"我们要保存我们的实力,我们该想法保存自己的实力,保住革命火种。"

万邦脸就拉下了,他愤愤地说:"这不是当年逃跑主义路线吗?当初有人也唱这调调,第二天就被 AB 团了。"

月照还想说什么,看见万邦一双眼里怒火汹汹,那么恶狠狠地盯着自己。

这时超清说:"我好像听到有人哭。"大家都静下来,支起耳朵。允中说:"像是南秀。"允中这么一说,一群伢不约而同地拼命往洞子里跑。

果然，洞子里，南秀正哭得涕泪涟涟。

月照说："南秀，什么事你哭得那么伤心？"

同伢说："承禄他逃跑了！"

洞子里突然就安静了。后来，南秀抽抽鼻子说："他说屙屎，我以为他当真屙屎。"

允中说："他怎么会逃跑？承禄不该做这蠢事。"

万邦说："当时我真该一颗炮子将他命收了。"

眼前情形叫大家把洞口前的那场争吵忘了个精光。现在，除了疑惑、愤怒、懊悔，再有就是担忧了。

超清说："那家伙会不会投敌？"

万邦说："难说！"

月照说："看情形这里不能久留，我们暴露了！"

又硬点燃了一根松明火，闪跳着的火光照出众人焦虑的面孔。

允中说："可是往哪儿走？山下到处是敌人，往山里是蛮荒地方。"

万邦说："蛮荒地方也得去，饿死总比叫敌人抓了强。"

这意见得到一致同意。外面天渐黑下来，大家简单收拾了东西立马就出发。走了约十几里山路，本来就疲累的身子再也支持不住。南秀架火煮了一锅稀饭，不等粥熟，十几个伢已歪七扭八横在篝火旁边了。

## 第八章

一

师长金其基那时想:你看,塞翁失马,安知非福?

得到那消息时,标有欢得像春风里的叶子,手舞足蹈,急切切喜滋滋地跑到金家大院,忙不迭地将这消息告诉金家少爷。

"抓了一个抓了一个!"标有说。

师长金其基说:"什么事情你欢成那样?抓了一个什么?"

标有说:"亚口的六指,带了几个弟兄巡山,抓到一个伢。"

师长金其基说:"一个伢?"

标有说:"正是!是少谍队承禄。"

师长金其基很镇定地哦了一声,说:"你带我去看看!"

金家少爷换了一身便服,他出门时还刮了一下脸,就愈发显出文雅和慈祥。

承禄被关在西街的一间废榨坊里,那地方离金家大院曲里八拐地有些子路。

标有说:"我把这短命鬼押来金家大院就是,您何必亲自去?"

金家少爷说:"你懂什么!"

金家少爷亲自去了那间废旧榨屋。他进了门,看见承禄被五花大绑绑在那榨磨上,脸上身上已伤痕累累。

金家少爷说:"啊呀,怎么能对承禄这样?"

标有说:"这鬼伢撒谎,他耍了六指,耍了我们!"

金家少爷说:"松绑。"

标有愣了一下,但还是叫人将承禄的绑松了。

金家少爷摸了摸承禄有鞭痕的背脊,说:"你们打他了?"

标有说:"这鬼伢不老实!"

金家少爷又对承禄说:"他们打你了?"

承禄没吭声,他望着金家少爷没吭声。

金家少爷对标有说:"况团总,你弄套干净衣服,让这伢好好吃顿饭洗个澡,下午带他来见我。"

金家大院的客厅里,下人将摆设收拾得比先前更场面气派。那晚遭人袭击,桌椅神龛诸家什无一不遭斧劈,弄出些破损和擦痕。后来,金家少爷坚定地一摆手说:"全换了全换了!"管家就将家什摆设全换了。

金家大院请来了镇上最好的木匠最好的漆匠,那几天空气中总有樟木的气味,不几天却改换成生漆的那种气味。金家的人就在那两种气味中进出了数日,那一天,猛然间发现金家里外焕然一新。

金家少爷就坐在这焕然一新的排场中。天气很好,一方日头光亮灿然,从方形的天井口透入,显眼地烙在厅堂地面。一只大头蚁在光照中缓慢地爬。金家少爷痴望了那小小生灵,想着心事。

下人进来通报,说:"客人来了。"

金家少爷招招手。脚步声传来,一长串客人陆续地走进门来。来的都是江口的乡绅富贾，有头有脸的人物，马营长和标有也被叫来站在众人中间。

绸布店老板说:"金家请诸位来，不知是个什么喜事?"

金家少爷笑。

下面就唧喳地起了议论。有人说:"金家前些日子被劫，怕是因了这事。"也有人说:"金家少爷去了趟赣州，怕是带来上头什么重要旨意要对大家交代。"

但金家少爷没说话，他猛地击了几下掌，厅堂一扇侧门就开了。有个细伢走进来，走到众人面前。客厅里好一阵惊讶。

那细伢是承禄。承禄穿一身新袄新裤，一顶崭新皮帽扣在那小小的脑壳上。耳朵上还罩了两只毛茸茸护耳，脚上穿了一双人头狗毛棉鞋，看上去像富户人家一个少爷。

承禄走进来时也愣了一下，那么多人坐在四周盯着他看。承禄从没经历过这种场面，他愣了一下，但很快平静下来。

承禄说:"要杀要剐由了你们! 你们玩什么名堂?"

金家少爷说:"啊呀，承禄伢，你看你看，这身衣服硬是你穿的，上下无处不合身。"

承禄说:"我不稀罕你这衣服! 既然被你们抓住，就由了你们处置。我承禄不做红军叛徒,叫我叛变我决不!"

标有俯近金家少爷耳边说:"这短命鬼冥顽不化，不必在他身上费工夫。"

金家少爷没理标有。金家少爷说:"承禄伢，今天我们不论红白，不谈信仰及政治，今天是江口乡绅名流聚会的日子，我们谈些其他。"

承禄说:"谈什么?"

金家少爷说:"我给你讲个古，细伢都爱听古。"

承禄说:"随你!"

金家少爷说:"从前也有户金姓人家,做的是首饰营生,在县城里打金器,衣食不愁算小康。金姓金银器师傅人本分,打金银不掺假作伪,且手艺好,得邑内百姓喜欢,生意日益红火。"

承禄说:"这故事不精彩!"

金家少爷说:"你听下去!金银器师傅婆娘回娘家,路上遇了土匪,叫山匪给劫做人质。"

承禄说:"不精彩,不精彩!"

金家少爷说:"你听下去!山匪给首饰铺捎信,三日内给送钱来,有钱还个活人,没钱还颗脑壳。金银器师傅心急火燎,婆娘且不说,婆娘肚里怀了五个月的身孕,或许是个男崽,那就是金家的香火哩。他咬咬牙,倾家荡产把钱凑齐,将人赎回了。但他却从此病倒,一病不能起来。眼见得要人死灯灭,洒泪托孤,说:婆娘,怎么的你也要将儿子养大叫他读书学手艺,做个出息人物!"

承禄说:"不精彩,一点儿也不精彩!"

金家少爷说:"你听下去!后来那婆娘将伢养到七岁,却是贫穷忧郁所致,终于挺不住,随金银器师傅而去。再后来,那七岁的伢被送到县城一家药铺做学徒。"

承禄说:"你说我?"

金家少爷说:"那伢还算是争气,事事却要争个脸面,可惜孤儿伢一个,处处受人欺。红军造反,这伢觉得乱世能出小英雄,想有一番作为,就走了别一条路了。"

承禄说:"你说我?"

金家少爷说:"那金银器师傅名叫金九九。那天我翻江口《金氏族谱》,竟从谱中看到这金九九名。不看不晓,一看吓倒。

你当那金九九是谁,竟是我同族中堂兄。"

承禄说:"你是说我?"

金家少爷说:"不是你是哪个?你爷金九九是我堂兄,你该算我侄。"

承禄想说什么到底没有说,他很难过。他想:我不信这是真话。是真的我也不信,是真的又能怎样?

金家少爷对众人说:"也算是我与这伢有缘,偏偏就让我不费工夫找到了。既是我金家的人,就该入我金家的门。我今天请诸位来,就是要大家做个公证,这伢从此是我干崽了。"

承禄说:"不行!"承禄发急,急得脸成猪肝颜色。

金家少爷哈哈地笑,说:"你爷是我堂兄,你身上流的是金家的血,你该是我儿。诸位说是不是?"

众人应和。

承禄想哭,但不肯在这场合落泪。泪在他心上眼上憋着,憋得头昏目眩。

金家少爷对管家说:"元仁,你带承禄少爷到外头玩玩,我和诸位有些事要议。"

二

几乎是由管家拽着承禄到了河堤上。金家大院紧挨了河滩,出了门,就是梅江急拐处,风景尤佳。承禄被拽到河堤上。梅江里,水流缓缓。几只鹅在冬日的河里游弋,时而伸长了脖颈在那儿莫名地叫。

承禄说:"我不,我就不!"

管家说:"你蠢!"

承禄说:"我不做叛徒。"

管家说:"你蠢嘞,你蠢!"

这时河滩那头传来一阵喝叫,那几只鹅都惊了一下,似乎知道有什么事要发生,悄悄地往上游而去。

承禄也听到那种凶凶的喝叫。

承禄说:"什么声音?"

管家说:"不晓得,你看看就晓得。你在这儿看,这里风景好。"其实管家知道要有什么事,管家心里再明白不过。

河滩上将要发生的杀人勾当,已经有很长日子不再有了,今天似乎是金家少爷有意安排的,从牢里提了一个才抓的劫匪。

承禄说:"五花大绑一个人……呀!他们把他杀了!他们把他杀了!"

管家说:"那是八贯,打劫的八贯。半月前一伙劫匪抢劫盐帮杀了两条人命,抓住了这个八贯。"

承禄惊魂未定,他脸色灰白如水浸过的桌布。河堤上有风,他觉得风钻进颈脖竟湿湿的凉。他抖了起来,牙齿磕出声音。

管家说:"前日你们少谍队那帮伢抢了金家。你们人小胆却大,比八贯他们不差,敢抢金家?"

承禄说:"那又怎样?"

管家说:"抓了你,按说你也该是八贯那下场。五花大绑了押在河滩上灌一碗酒,快利的鬼头刀那么一抢,你小小脑壳就成柚子在河滩上滚。"

承禄好像坠入一无底深渊,黑暗四合逼拢。他号哭起来。

承禄接连有五天没睡个安稳,每夜做噩梦。梦里有无数朝他鄙视的眼睛,那是月照他们。一些嘴组合了无数唇的圈圈,那些嘴无情地吐出许多口水,口水海浪似的漫过来将他淹了,他无望地在水中挣扎。承禄常常从噩梦里惊醒,在床边抖手抖脚地跳,一身的冷汗凉到心里。

承禄不做叛徒!他想:明天就去找那人,跟他明白地说承禄不做那鬼少爷!然而承禄最后想:他会剁我脑壳的。我不想死!我真的不想死!

承禄蹲下来,无声地抽泣起来。

## 三

一九三五年腊月十五,武夷山脉这一段崇山峻岭,有十二个伢崽正穿山越岭往西南方向走。他们中一个伤员,一个妹子,余下十个伢面容憔悴,衣衫破损不整邋遢肮脏。

这是支不像样的却又极特殊的队伍,这队伍空前绝后。这几乎是童子军的队伍以坚定的步伐朝一个方向走。这队伍的每一个成员对他们所要面临的困境和将来一无所知,但他们却走得那么坚定。现在他们的目标不是寻找主力,不是打击对手,而是谋求生存。

山林中,飞禽和走兽都表现出前所未有的惊慌和疑惑。它们在高空盘旋,在枝叶间雀跃,或在崖岭坡前岩隙林间悄悄窥视,久久地那么望,百思不得其解。

月照走在最前面,他用一条长巾缠了头额,把在金家收缴来的那绸缎被面剪了,吩咐大家当绷带将双脚裹好。月照是猎户家伢,先前和爷在大山里狩猎,自然知道山里许多的事情和应对各类情况的常识。

月照小心地带大家往深山里走。

允中说:"我们走了有三天了吧?"

月照说:"三天又怎样?"

允中说:"我是想,我们不能盲目走下去,走到原始森林出不来做了野人也不值。你看这一路也没见个村庄人烟。"

又硬说:"这话有理的,我们走出有百多里了吧?这一带山林是海,我们是鱼,鱼入大海,只要我们不自投罗网,那姓金的家伙任有再好手段也找不到我们。"

月照想了想,他没吭声,他没法对这事作答。那时候他用眼睛看万邦,他觉得自己在很多事上和这个小土匪出身的同伴有分歧,但许多事上这个万邦却比他老练。他不得不用眼睛瞄对方。

万邦看见月照瞄自己,明白了月照内心所想。但他没表态,他环视四周。那时候已是清晨,山里的雾岚疯起,一颗闩头在絮绒裹缠中混沌不明,远近山川走势却历历在目。

他说:"这地方不行!再往前走走!"

他们又继续前行,翻过一座高岭,看见一片绝壁竖在眼前。那高崖像刀削似的平直,不长草木,看得见由雨水淌成的长长灰黑痕迹,崖下也有一溪,清流缓缓贴壁而走。

这崖绵长宽展,好像真就是一条路的尽头了。

允中说:"完了,路是没了,我们就在这儿安身吧,这是天意。"

万邦指了指那边,崖的中段,垂直插下一截黛绿。

万邦说:"那是路呢。"

允中说:"我没见什么路,高低是些树木。"

万邦说:"跟了我来就是!"

结果就带三个人探路,其余就在原地等待。

## 四

　　大家跟了万邦走,那果然是一条奇特的路。原来是这巨大崖石轰然断裂有了一条缝。缝隙的断裂处参差不齐,凹凸地方天长日久积存些尘土,便有飞鸟叼来树种,劲风送来草籽,树长草生,渐就填充了那裂缝,远处无法辨认,近前细看,才能弄清那绿荫中原来是掩映了一条路的。

　　万邦带了队伍小心地走进那巨大的缝隙。那是条仅容两人并肩行走的一条窄道。往下看,是山水经年冲击而成的犬牙交错的石头;向上望,一线天隐约在头顶牵扯。

　　足踏之处,是路非路,似沟非沟,风从缝口处钻入,带了一种奇怪声音呼啸而去,贴身掠耳,刀似的割人,周身都裹缠了一种凉意。峡缝绵长,也不知何时能到尽头,更不知前头是个什么天地。有时候前面似有乱石挡路,细看却发现那石是卡在断缝之中,底下有空空的洞,就田鼠似的钻爬,一寸一寸在里面挪步。有时却没有洞,只有缘了那些落石的塞堵攀爬,却又成了一些壁虎,就这么经历很长的一截艰难,终于是到了尽头,豁然一片开阔,是别一个洞天。

　　大家拍打了身上的泥土,欢呼雀跃。

　　又硬说:"还以为是绝路,却是绝好一个去处。"

　　但是万邦却没有说话,他还是四面在望。

　　万邦说:"前面还有村舍。"

　　绿荫丛中,果然有茅寮的檐脊隐现,大家顿时哑了声。万邦做了个手势,四个人都猫下腰,将手里长短枪都对准了那个方向。

万邦说："你们蹲在这儿别动，我先去探探动静。我做两声斑鸠叫说明有情况，叫三声平安无事，你们就见机行事。"

万邦猫了腰前行，到那排茅寮不远处蹲下聆听，久久地听不出半点动静。

万邦捡起块石头，狠命朝茅寮抛去。依然是不见异常。

万邦才放心走过去。走进那些茅寮，几间茅寮空无一人。万邦将手指窝在嘴里，做了三声斑鸠的啼叫，其他三人走了过来。

四个人进了茅寮。寮内空空，有几个石垒的土灶，黑黑的一些炭屑柴灰；有几张简陋的床，由一些破旧木板柴墩支撑而就；竟还有一些破损的家什农具什么的堆在角落。

月照说："又硬，你出去招呼大家进来。"

又硬点点头，倏地消失在林木间。

月照三个人，又分头往三个方向走了很长一截，回来大家将情况凑了一下，模糊觉得这是个锅状的谷地，由坡地上行，到顶端却没了路，那一边是陡峭的悬崖，似乎真的只有那一条窄路才能进出。

万邦说："就是这儿了。"

允中说："什么？"

万邦说："天赐的一个好地方，咱安营扎寨的地方就是这儿了。"

月照说："我总觉得像在梦里一样。"

正说着，又硬领了其余的几个伢来了。大家照例是一番惊讶，尔后是拍手跳脚的欢喜。

大家烧了堆火。现在不担心燃烟被人发现，那火烧得很旺。在火上煮了一锅粥，那粥浓稠，是从金家大院弄来的一袋上好红米。吃饱了饭，从容地烧了锅热水，大家用热水泡脚。有几个伢脚底打了泡，拈了钢针小心地挑，弄出皱眉皱脸的疼，然后裸足于热水中，竟哎哟哎哟的一片号叫。

只有万邦似乎专注于别一样事情，他拎了小刀，将几根枯干草梗削成竹筷模样。

允中说："你做什么劳什子？"

万邦说："做香哩！"

允中说："你做香干吗？"

万邦白了他一眼，不再理会允中。他从容地削弄出十二根"香"来，三根一把在火堆上点了，东南西北方向各插了一把。那"香"果然还顶事，有模有样地燃，弄出袅袅的四缕青烟。

万邦跪下去，朝四个方向磕着头，嘴里叨叨地念了许多细碎。

允中说："万邦，你拜的什么？拜祖宗吗？"

万邦说："不是神仙庇佑，你以为我们能碰到好运，找到这理想地方吗？"

月照站在不远处目睹那一切，他的眉头微皱。他想：革命队伍的人，还弄迷信那一套。月照想过去干涉，但觉得这个土匪窝里出来的伢崽脾气倔未必就会听别人意见，反倒会弄出纠纷。

万邦就在那小溪边的乱石堆里完成了他的谢神仪式。他回到茅屋时，看见大家早已横七竖八地呼呼入睡。这时，万邦也好像被什么传染，倦意漫上来无以抵御，才坐下就软瘫了，四仰八叉倒地。

那时，日头并未西沉，一边天红得灿烂。

# 第九章

## 一

已经有很多日子没有少谋队那些伢的消息了,师长金其基觉得这事很费解,他以为这是不可能的事。一帮伢,一些未成年伢,在那困苦中能挺多久?

局势似乎越发明朗,红军经湘江一战死伤无数损失空前,现正被围剿大军驱至西南云贵川一带。据说南京最高决策部门已定下周密计划,全歼残余苏区红军之最后胜利指日可待。

因此,师长金其基不害怕那几个伢。几个伢能成什么气候?偷袭金家大院的事虽说有点那个,但纯粹是种巧合,是一帮毛头懵懂伢崽福运好,歪打正着。没有人料到那么几个伢竟敢趁夜奔袭江口镇,因此松懈警戒,就连老谋深算的自己也从未提防,以至于遭受一定损失。

但这种事不会重演。师长金其基倒真希望那帮毛头懵懂伢再强蛮懵懂一回。该布置的早已布置,江口镇是一个口袋,专等了这帮伢来钻。然而,少谋队这帮伢却从此没有了消息。

师长金其基做了各种猜测。

冒险溜出包围圈?他们难说能从自己部下那帮官兵眼皮底下

跑脱，一支童子军能有个什么气候？

莫非进了大山？可进山是死路一条。大山里猛兽恶瘴之类不说，却又去哪儿弄吃食穿用？柴米油盐酱，除柴外别种必需品上哪儿获取？

也就只剩一种猜测了，那就是这帮伢散了伙。这也不是不可能，苏区已成子虚乌有，红军被消灭殆尽，几个伢挺了那么些日子不容易或许已作鸟兽散。令师长金其基百思不解的是，十几个伢，散了伙总该有个消息。这帮伢清一色是孤儿，散了伙必投亲靠友，可是始终没有这方面的消息。

最后的推断也是最坏的推断，那便是这些伢已经一命呜呼。倘是这样，师长金其基觉得实在不该，他有点替这些伢感到惋惜。可怜都是些小小年纪的伢呀！

## 二

这天清早，日头又是奇好的一轮。金家少爷对承禄说："伢，我带你去打猎！"承禄看着那对朝他笑的小眼睛，隐约感觉出一点什么，却不能明白彻底。远远的，承禄看见金家少爷和标有在诡秘耳语，边说边打手势。

标有走过来，走到承禄身边。标有说："金家少爷带我们去打猎。"

承禄在心里骂：狗！承禄一见标有，那个字不由得就在肚子里跳。

标有说："金家少爷器重我们。"

他器重软骨头器重奴才，承禄想，但他没说出来。

现在，一行人过了垭口。远远地看见那株老樟树和祠堂，承禄不免有许多感触。他偏了头不往那边望，在弯曲山路上走了许久，眼见山高林密。

走到一处山凹，石雾相融，草深林密，岩木相叠，雾浓草深。崖上有粗藤垂下，如飞瀑流翠；涧底有竹海松涛，似风掀绿潮。

承禄突然觉得这地方隐隐有些熟，他想了想，确信自己没来过这里。他想：怕是梦吧，许是梦里到过一个类似的去处。

金家少爷说："就这儿了，就这儿了，大家准备好。"

猎狗猎猎地叫，突然就没了声音。看见两只猎狗老练地半匍匐了前行，隐没在草丛里，金家少爷平端了铳。忽然，听到咯嘎一声叫，红红的一团随声蹿起。金家少爷手里的铳就那么一歪斜，紧接着那铳就响了，一团浓烟弥散，红红的一团沉重坠地。

猎狗很快就将那只肥肥的野鸡叼来。

标有说："少爷你好枪法！"

金家少爷说："亏了好狗引路。"

标有脸莫名地红了起来。

金家少爷说："狗是好东西，打猎离了狗，就是瞎子聋子。"当时就取出刀子，将鸡头剁了，鸡下水掏出，全犒劳了两只狗。

又转悠了几处坡凹，猎了一只野兔一只麂。那麂一铳被打中了后腿，被猎狗追了一截路才倒地，捕获时还没有死，一双圆眼盯着人看，像是细伢儿的一双眼儿。承禄不忍心看，他有点哀怜那可怜生灵。

标有却异常兴奋，他说："好哇好哇，今天咱们好口福！"就在腰里拔出刀子。标有说："这东西好，麂血是大补的好东西。"说着，走近那麂，在脖颈处就那么一刀。那麂叫了一声，眼就闭了,血迸流了出来。

标有跪着,歪脸嘟嘴对了那刀口吸血。喝进几口,就又用只木钵接了,接了有大半碗端到金家少爷跟前。

标有说:"少爷,你来点儿?"

金家少爷望了那鲜红腥热的一碗似联想到了什么,皱了皱眉,说:"给承禄伢喝!"

承禄说:"我屎急,我要屙屎。"

标有脸有媚笑,说:"这东西就是趁热进肚才补人。"

承禄说:"我屎急,我要找个地方屙屎!"

屙完出了林子,看见标有在那儿收拾麂子。那碗血标有已经喝了。标有做过屠子,跟人学过杀猪,平常标有很懒,今天想在金家少爷面前显摆一番,便格外殷勤,一只麂三下两下叫他剥了皮,血淋淋地悬在那儿。

标有说:"承禄,你屙屎也不走远点,臭!"

承禄说:"怪得我吗?哪个晓得又转了风向?"

金家少爷说:"怎么能怪承禄伢!走远了遇了野物怎么办?"又回过头跟承禄说,"走,我们转转去。"

金家少爷带了承禄在那凹里转悠。

承禄边走边四下里望,眼里有一种奇怪的表情。

金家少爷说:"承禄伢,你看什么?"

承禄说:"这地方我像来过。"

金家少爷笑,说:"你肯定是来过的。"

承禄说:"怎么可能,除非是梦里。"

金家少爷似乎对这事格外感兴趣,说:"你仔细想想。"

承禄想了想,还是摇摇头,说:"真的,没来过哩。怎么可能来过呢?"

金家少爷笑。承禄弄不明白金家少爷为什么要弄出一副诡秘笑脸。

承禄说:"我确实没来过的。"

金家少爷说:"白天没来过,夜里来过也难说。"

承禄说:"少爷!你看你,你说这荒唐话,夜里能来这种地方?连路也辨不出!"

金家少爷说:"有些事是要夜里来做的,怕人晓得。"

承禄说:"做贼呀?就是做贼到这种地方偷个什么?这荒凉地方……你说话没个分寸。"

金家少爷说:"那是!贼到这地方做什么?这地方山势险恶,路途偏僻,不过却是藏东西的好地方。"

承禄愣了一下,心里咯噔一跳。说起藏东西他猛地想起什么,他又四望了一转,知道了这地方熟悉的缘由。这地方自己确实来过,任那夜走得慌急,但借助了月光星光他模糊有了那山影方位的印象。

他想:呀!这地方确实来过,是那晚金参谋高营长带大家埋东西的地方。金家少爷就冲着这来的!鬼哟,打个鬼猎,他就是为了那些东西来的。

金家少爷说:"承禄伢你在想什么?"

承禄说:"我能想个什么?"

金家少爷说:"你眼睛溜溜地转,你眉头皱了几皱又放下,你瞒得了我?"

承禄说:"我没有,我肚子痛,我只想屙屎。"

承禄找了个屎急的理由,事实上他肚子当然不痛,但他到不远的林子里还是硬挤出一泡。他屙屎的时候,努力让自己镇定下来。

承禄想：我不会告诉你，何况我不知道那些东西在哪儿，就是知道了也不会告诉你！

他边系裤带边走出来。他说："咱们走，那屎臭。"

金家少爷说："你真的没来过这地方？"

承禄笑，笑得很从容很镇定，不露丁点破绽。

"没来过！"他说。

余家少爷说："你再仔细想想，想起了你告诉我。"

承禄做仔细思考状，半晌才愣着脸儿说："想不起来，没来过我怎么想得起来？"

金家少爷又笑，笑得有点那个。他说："我闻到麂肉香了，标有怕是把麂肉焖得烂熟，弄出我肚里馋虫。"

两个人照原路往回走去。

## 三

标有叼一根牙签在江口西街郁郁地走，脸色灰沓沓不好看。迎面过来许多熟人都说："标有，你脸色不好。"

标有说不上为什么不开心，一切似乎都很正常，家还是那个家，婆娘还是那婆娘，团总还是这个团总，水烟壶还是这把水烟壶，且金家少爷也依然对他有笑脸，一切无异却就是心里不舒坦。

标有没日没夜地想，总想不出个道道。他踢了脚下的石头，一边剔着牙一边想。他似乎想到了什么。

标有想到承禄那张脸。

标有想想，觉得症结是来自承禄那张脸。先是这鬼伢无端地受了金家少爷的宠爱，莫名地就入了金家家谱。尔后是这伢每看自己，眼里总幽幽地闪了一种憎恶一种鄙视一种仇恨。

标有想：不是我你金家少爷能捉到承禄？不是我你这鬼伢能平白捡了这好运？但到头来自己一无所获不说，还让那张脸那双眼睛弄得时时不能自在。

他看见了麻脸卦师那间挨街的瓦房。

一只狗在那板门后朝标有狂吠。有人喝住了那狗，门开的同时跳出一个声音："嗬，是团总，今天得空到我这里来吗？"说话的就是麻脸卦师，他一副乡绅打扮，体体面面一副样子。

标有说："麻脸，我不得空也要来的哟，我敢不来你这儿？"

麻脸卦师说："近来又有麻烦不解事情？"

标有进屋，将事情这般那般说给麻脸听。

麻脸卦师说："你中邪气了，妖魔缠身！"

标有说："你帮我拿个办法，你得帮我拿个办法。"

麻脸鸡啄米似的点头，一边就将标有扯进那幽暗的屋子，将香烛点了，看见那淡淡的两个黑影被烛光映在斑驳的老屋上晃。麻脸拿出簸箕，簸箕里有薄薄的一层锯末。麻脸卦师说："我作法，我看哪路妖魅敢捉弄团总！"他说话时不看标有，忙得矮小的一个人陀螺似的转。将一些破网在门上窗上支了，又拿出一只米升。那竹制东西年代已久，呈古铜颜色。麻脸卦师说："我作法，作大法，我看哪路妖魅鬼胆子包天敢在太岁头上动土！"说着，将三枚铜板丢进升里。麻脸卦师一只手捂住升口，用力地摇动，铜板在竹筒里晃跳。

麻脸卦师说："我作法，作大法……"说着，哐一下将铜板倒在条案上，那三枚铜板精灵似的在条案上蹦跳了几下，有两枚还滚了很长的一截在案沿倒下。

麻脸卦师弓腰眯眼细看那三枚铜板的方位正反，一边就掐手捏指嘴皮细碎叨叨。

标有看着麻脸在昏暗的屋子里忙上忙下。先是在屋里没完没了抛米,颠跳不已,弄得头发疏散不堪,衣服凌乱不整,变成人不人鬼不鬼一副模样,后来又抽出根竹剑,在标有周身地方胡乱地挥砍一通。

麻脸卦师一头的大汗淋漓。他用食指蘸了些朱红,在标有脊背上点了一下,在标有额头点了一下,在标有肚脐上点了一下,又在标有两个膝盖上点了一下,说:"什么都近不了你身了,你什么都不必怕!"标有挺了胸走出麻脸卦师那阴暗的屋子,他果然抖擞了许多。

## 四

金家少爷在木亭里和绸布店老板方子仁走棋连输了三盘。

"你让我,"绸布店老板方子仁说,"这棋走得没劲。"

金家少爷说:"棋局如战场,寸土必争!我没让!"

绸布店老板方子仁说:"你今天不对劲。"

不对劲的金家少爷,在宅院涂了朱红油漆的大门口碰见标有。金家少爷觉得标有神情也有不对劲的地方。

"你那额头?"金家少爷指指标有额头说。

标有说:"我额头怎么了?"

金家少爷说:"你要有个检点。大白天去那种地方,弄一头一脸女人东西满街走,你不嫌丢人?"

标有嗤地笑了。标有说:"那是朱红。"标有用手在额间抹了一下,说,"你看你看,这是朱红。"

金家少爷说:"你找我有事?"

标有说:"你不能让承禄那样!"

金家少爷愣了一下,他不知标有为什么冷不丁扯到承禄。

标有说:"他晓得埋东西的地方,他心里再清楚不过。你把那鬼伢交给我,我不信撬不开他那张嘴!"

金家少爷说:"承禄少爷嘛,不必你操心了。"

标有还想说什么,看见金家少爷摆了摆手。

金家少爷说:"谭副官从云南给我带来两副上好玉雕,我叫人送去给你婆娘。承禄少爷的事你不必管!"

标有看着金家少爷踩了稳健步子拐过那排屋子,但他不知那时候金家少爷那秀气的脑门正转着一点什么。

# 第十章

## 一

又硬将一把柴刀磨得耀眼锃亮,在那儿一下一下砍木头。又硬做那种活很是得心应手,有板有眼砍着木头,弄出阔阔的回声在凹地里回应不绝。

超清坐在一截枯树上,他好奇地看着又硬在那儿侍弄木头。

超清说:"你真能将那些物什修好?"

又硬说:"我八岁就在财主家做长工,你说什么不会干,看也看会了。"

超清不住眨眼,嘴里啧啧,又硬就起劲得不行。他向来瞧不起这城里伢,小书呆子一个。常常超清也用不屑的目光看他们,这回却不同,这些日子的奔波回回死里逃生,让这城里伢看出了这些山里伢崽的许多大本事。

两个人说着话,不知不觉间又硬将那些物什全整了个利索,齐齐地摆在茅寮前。

垦荒的决定是断粮后第五天做出的。那时候,从金家抢得的米粮已告罄。大家去山上采野菜野果,几天下来就将凹里的野东西都采个精光。再要,就要走出一线天到凹外去。凹外天地大,可以打猎捕鱼摘野菜野果，但难说就不被外人发现，况且捕猎的手段欠缺，野菜野果的单一，毕竟不是长久之计。

那天大家坐在坡石上商讨此事。日头很温暖，已是春阳，光线柔和温暖。

月照说："茅寮里有农具，坡上有地，我们种地。"

万邦说："种地？"

月照说："怎么不能？坡上有荒地，不行就烧荒。"

超清嘀咕："刀耕火种。"

月照说："谁晓得外面怎样？金家少爷在四处找我们，红军我们又找不到，总不能饿死。"

又硬也说："我们有手，会打猎种地，再说闲着也闲出毛病。"

南秀说："你们种地，我养鸡养鸭。"

万邦对种地的提议不屑一顾，在他看来累死累活去开荒种地，不如去劫大户来得撒脱。

月照说："这事就这么定了！"

## 二

月照怀揣了两块光洋，星夜兼程走了百多里路，去了邻县的一个山镇。月照走了一天一夜，累得嘴脸走了模样。他终于走到要去的那个地方。

月照是去头陂买种子。买种子是个重要事，月照想想还是自己一个人亲自去，这样目标小，不易被人发现，稳妥牢靠许多。

三天后月照回来了，他带了些菜蔬瓜豆的种子，一大袋谷种，还弄来几只鸡崽。月照把那笼子打开，几只小鸡张了翅膀在清新的空间唧喳蹿跳。

南秀说："你真买了鸡崽？"

月照说："为什么不买，养几只鸡有蛋吃。"

南秀张手张脚地蹦跳起来，她跳得和小鸡一样欢。

月照下午就带了男伢在荒地上挖地，荒地沿坡而上，都很小，若山凹是反摆了的一双鞋，这地就是鞋上的补丁。

超清说："这土硬，石头般硬，累人！"他不住地抹额上的汗，又盯看自己的手心，不住地用嘴往手心吹气。

有根说："有牛就好了，有牛省好多事。"

月照说："会有的，种了地，收了东西我们换钱买头牛。"

万邦在那头狠命挖土，他有把子力气，像跟人攀比什么，将身上力气全尽使出来挖土，挖了好大一片。听到这话，他抬起头，说："还等收了东西？再说收了东西够不够吃还是个事，有多余换钱？"

有根说："可是我们应该有头牛。"

万邦说："那还不容易？找机会出山牵头来，要不就劫一次大户，什么就都有了。"

允中说："你满脑子山匪念头。你总是不想着正经做人。"

万邦说："你说我？"说着，眼就红了，脸板得像坡岩上的石头。万邦抛掉手里的锄头往这边走来。

有根见状，忙不迭赶了过来，横在两个人中间。"你们不嫌累？"有根扯了允中衣襟，说，"你当你什么都没有说，你看你，你不怕吃亏？"

允中没抬头，他说："我什么都没说，我什么都没说还不行？"

万邦说:"就是!"

允中脸没颜色。允中对超清说:"我累了,咱歇一会。"

两个人坐在坡岩的大石头上,超清在看手心的两个水泡,才挖了半天土,超清的嫩手上就起了两个水泡。超清感到水泡钻心地痛,但他装做不在意。

允中说:"你看天要落雨了。"

超清说:"好好的晴天你说什么落雨?"

允中说:"你看山那边,你看到了吗?"

超清说:"我看见一块白绸布遮了半天,天薄纱似的抖。"

允中噗地笑了,他说:"那是雨哩!"

果然那雨阵就移挪了过来,才晴好的日头暗淡了些许。众人一下蜂拥到一间茅屋里躲雨,超清却没有动。他从没看见过这个下雨的情形,他觉得新鲜无比就没有动。豆粒大雨点一颗一颗击在他头上肩上,立刻就湿了他的头发。他没想到那山边移动的一块绸布似的东西顷刻间竟成瓢泼大雨。

茅屋屋檐下,月照和又硬在讲事。雨顺了丝丝缕缕的草尖往下滴,在地面砸成一个一个小坑。雨的精灵在周身跳,满山满凹地跳,弄得山野湿漉漉一片,像落水上岸的一只兽趴伏在天空之下。

又硬说:"你看这雨,说来就来了。"

月照说:"下点雨好,下点雨土松。"

又硬说:"本来是让日头枯枯那些草,点堆火沤。"

月照说:"明天沤一样。"

又硬说:"这霸根草死贱,沾沾水气就生,不烧不行,烧了沤了还能肥田。"

那边传来嚷嚷声,那是万邦的声音,嗓音大大地和人争论什么。

又硬说:"群龙无首乱了套,没规没矩的了,要金参谋高营长还在不是这场面!"

月照轻叹了口气。

又硬说:"你是队长,你又大大家两岁,你该多管事。"

月照没说话,看檐水珠串似的坠。

又硬说:"要有个秩序,乱乱的什么也干不成,天长日久要出事。"

月照后来说:"这事我想过,总得有个办法将大家捏在一起,村有村规,国有国法,这么鸡飞狗跳的总不行。"

又硬说:"那你还不动作?"

月照说:"这事要大家做主,看侬个什么样样来安排。"

那边传来南秀嘤嘤的哭声。

两个人蹿起往那边跑。

雨戛然而止。

## 三

伢崽们劫金家大院时,没忘了搜出四盒洋火。火是重要的东西,他们小心地用着那四盒洋火,每用一根就心痛一次。后来那四盒洋火就一根一根少下去,终在最后一根时大家决定留火种。

月照说:"没了火就没了半条命,我们留火种,反正同伢伤没好利索做不得其他,南秀也只守着灶间,别忘了往火上加柴加炭,那火就是长明火,熄不了。"

同伢和南秀就日夜小心了那堆火,常常半夜里要加些柴炭。

他们守了那火有很长的一截日子，大家就靠了那火种取暖煮食过日子。

这一天大家决定去坡上垦荒。那些荒地方方正正，被荒芜了些日月，全长了丝茅和霸根草。同伢和南秀透过茅寮的小窗，看着伙伴们在那儿抛汗掘地。

同伢说："我要没伤我也能掘地，过去我和我爷种花生，一上午掘一大片。"

南秀说："你家没牛？"

同伢说："哪儿来的牛？地也没有，到坡上开荒地，泥土硬得像铁，长草长树长勒蓬。"

南秀说："我家也没地没牛，我爷帮人打长工。"

同伢说："都一样，六岁我就和爷上山掘地，掘出荒地种花生，种六月爆。"

他们正说着，那雨就在山那边集聚，后来就悄然地朝这边挪步。他们不知道，两个人一点也不知道。

同伢说："我看这茅屋不牢靠，你看这木墩都霉烂了，你给我拿斧子来。"

南秀说："你让他们来，等他们回来再说。"

同伢脸倏地变了，气恼恼的模样，说："我真的废了？我真的没个用了？在你们眼里我真的就是多余的一张嘴？"

南秀说："又没人这么说。"

同伢说："要真是废了没用了，我一刀了结了自己撒脱。"说着真就要强蛮了过去拿刀。

南秀说："呀！同伢你不要这么想！"

同伢说："你拿斧子来，你做我帮手，咱们修茅屋。"

南秀无奈，从灶间找到那把斧子。她觉得斧子很沉，她不得不用两只手拿了那很沉的斧子。

同伢接过斧子迸力朝那柱桩砍了一下，他的脚不灵便，因此用不上力。

阔，他又砍了一斧，茅屋剧烈地抖颤了一下，摇摇欲坠起来。两个伢都没想到会是那结果。

那茅屋像个病恹恹的老人，晃了几下，轰然倒塌。南秀把同伢从倒塌的茅屋里拉了出来，同伢手里还提着那把斧头。

那时候雨倾盆而下，他们看着雨水将火种浇熄。南秀瞪大眼呀地叫了两声，紧接着就捶胸顿足地号哭了起来。

## 四

"怪我！"同伢眼里尽是眼泪，他忍着不让泪水掉下来，"我寻思茅屋那柱桩烂朽了，拿过斧头想修一修。没想到才砍了两下，这屋架子就垮了。"

众人围了一个圈，没人吭声，静静地听同伢叙述，好像叙述一件与己无关的新鲜事情。

南秀还在哭，她哭得很伤心。

"呀！"有人呀了一声，似乎这时才明白事情的严重性，喊出那声呀的是超清。这个城里伢大瞪着眼睛，他几乎是喊着说："呀！我们没火了！"

那黑黑的炭火还在飘着热气，黑的白的柴灰让雨弄得湿渍渍的。超清用脚踢了踢那根柴蔸，说："没了火咱就没法做饭，没法烤东西，咱完了！"

超清的话引起一阵恐慌，南秀的哭声更响了，有人在哭声里叹着气。

只有一个人显得若无其事，那人是万邦。

万邦说："好笑嘞好笑，一点事把你们急成这样样？"

超清说："万邦，你有办法？"

万邦没吭声，他独自往凹里走，没有人随他走，只有超清。超清虽然看不惯这土匪出身的同伴身上的诸多毛病，但却欣赏万邦那脑壳。小小脑壳虽不识多少字，却装了那么多实用知识。

万邦往凹背那边走，超清不知道他为什么往凹背那边走，凹背是一大片莽林，超清弄不清万邦的动机，只盲目地紧随其后。

超清说："你有办法？"

万邦不吭声，他走进莽林。林子里也遭遇山雨，到处湿湿的，有一些水滴时而跌在两个人额上肩上。万邦走到一处凸出的石岩底下，那里未遭雨侵。万邦捡了一根干木柴棍棍，像挑什么似的坐在那里精挑细拣。

超清说："没有火你也得挨饿，吃生的吃野物我们就成了原始人。"

万邦说："你来帮我拣，要均匀的，指头这么粗细，木质要硬。"

超清说："我弄不清你拣这劳什子为哪桩？"

万邦说："他们离了我不行！"

超清说："我说句实话，你能是能，可你也有缺点，你身上有土匪习气。"超清边说边拿眼睛瞄对方，"大家不服你。"

万邦说："就是，大家干吗不服我？"

超清说："你做事的方法有问题，你态度也太骄傲，总以为老子天下第一。"

万邦说："你不要文绉绉地说话，我听不惯。"

超清说:"你该读点书,你要是识字读书懂道理,你是了不起的人。"

万邦终于选定了两块木头,一块大些,另一根细长。

万邦说:"来,你帮我踩住,你踩住!"

超清稳稳地踩了那截木头。超清说:"你该读点书。真的!你要是识字读书懂道理那还了得?"

万邦又咧嘴笑笑,他觉得超清的话很可笑。他开始用两只巴掌夹住那截细长柴棍,往木头中间一个固定的洞眼钻。

超清说:"呀!我懂了!我在书上读过,这是原始人求火的方法,叫钻木取火。"

万邦说:"我不懂什么原始人,这办法是跟干爷千斗学的。寨子里没了火种,就用这法子。"

万邦用力急速地转动着柴棍,他额上沁出汗来,口里有了大气。万邦说:"这是个累人的活。"

超清说:"我换你,我来几下?"他觉得很新奇,他确实想来几下。

万邦说:"你不行,这是个力气活,你帮我踩稳了足够。"

超清看见那木头渐渐有了变化,先是钻眼处有枯黄颜色,继而淡黑,渐就浓黑起来。

万邦说:"快了!"

果然,很快那地方起了淡淡烟气,几颗小小火星跳出来眨眼,万邦下猛力气急速弄着,噗一下现出了黄黄的一团。

"哦!"超清叫了一声,"成功了!成功了!"他拈了一根松明,将火点了。那火让他兴奋不已,他看到希望在灿灿地燃着。

万邦却累瘫了。

超清举着火把跟在万邦身后往回走。走过了崖背,远远看见月照他们还围着那摊凌乱一筹莫展。

万邦很得意。万邦说:"你看他们,一点小事愁成那样。"

超清说:"万邦,你真行,你真了不得!"

万邦说:"那没啥!"他笑了笑,笑得很诚恳。

超清说:"我有个想法。"

万邦说:"就你想法多。"

超清说:"也不是我一个人的想法,大家都这么想。他们说我们总不该一盘散沙散到底,我们该有个组织有个头儿,总不能群龙无首。"

万邦说:"就是!我早这么想,寨子里都有个头儿。"

超清说:"那你不早说?"

万邦说:"你瞧他们那个劲,谁听我的?"

超清说:"月照是队长。"

万邦站住,用奇异眼神看超清,说:"你也这么看?"

超清说:"我怎么看?月照是队长,又大大家两岁,他该来做这个头儿,可他统不住人也统不住你。"

万邦说:"就是!当头儿不是容易的事。"

超清说:"你劝劝大家,你带个头儿,让大家听月照的。"

万邦回过身,脸陡然变了,样子很凶。超清不明白万邦为什么突然变脸,变成一副恶狠狠模样。

万邦说:"你说话没道理,为什么他们不帮我?你不帮我?"

超清好像这才明白一点什么。

万邦从兜里掏出那块怀表,说:"这是金参谋给的,他都信得过我你们信不过?寨子里是论功排座,是我救了大家,我功劳最大。"

超清嗫嚅了一句:"可……"

万邦说:"可什么？不服是不是？"他走近前,猛一下抢过超清手里的火把。万邦随手将火把扔进路边溪子里,那灿灿燃了的火把嗤一下灭了。

超清说:"你疯了！你干吗？"

万邦说:"就不算这火的事,我跟他比试别的。"

超清说:"跟谁？"

万邦说:"还有谁？月照呗！"

超清说:"看你！好好的你把火弄熄了,弄来火多不容易！"

万邦说:"不容易不容易好了,反正是我的事。火的事你不必操心,我还弄得来的。可我要跟他比试！"

万邦说最后一句的神情异常坚决。

## 五

最后万邦和月照决定比试抛刀。月照出身猎户,自小和父亲耍铳耍刀子在山里和野物周旋,一把半尺长刀子耍得出神入化。

万邦说:"我晓得你刀子功夫好,那我们就抛刀！"抛刀的建议是万邦提出的,他显得很大度,满脸的英雄风范。

月照站在那儿点了点头。他没有吭声,日头将他的影子弄得很黑。大家站在他的四周,一些人表情很紧张。南秀想说什么,几回张了口却没有跳出个字词。她的两只眼睛红得像烂桃。

万邦于是开始忙乎,所有的人都站在大日头下看万邦忙乎。万邦的表情很平静,这平静让他看去像十足的大人。

万邦弄来一些丝茅。丝茅草叶细软,他要将丝茅扎成一个小人。他在扎草人时甚至朝超清喊了一句:"哎！城里伢,来帮帮我！"超清愣了一下，看看万邦，看看月照，继而又看看大家。最后他还是走到万邦身边。

万邦说："你给我递草。"

超清就一点一点给万邦递草。万邦开始扎草人，他做得很仔细很认真。万邦从前跟千斗在寨子里做过这种草人，他专门做草人给那些土匪兄弟做靶子。

超清说："这草人扎得真好！"

万邦说："你把那糖罐子果递来。"

超清说："没想到你还有这好手艺。"

超清说着把一碗糖罐子果递了上去。

万邦说："黑的是眼睛。"

他把黑的果安在草人眼睛的方位。

万邦说："红的是嘴，黄的是鼻子。"

他又把红黄两颗安在草人嘴鼻处。

万邦说："他该有个肚脐眼，对不，他该有个肚脐眼。"

万邦又给草人弄了个肚脐。自己瞄看了好半天，似乎觉得满意后才转向月照，说："你说扎眼睛还是扎肚脐？你定！"

月照正想着心事，月照想：万邦有这一手，扎个草人也形神兼具，也确实能。

那时万邦就抛过了那句话。万邦说："你说扎眼睛还是扎肚脐？你定！"

月照手里拈了那三把小刀，他感到那锋利刀子沁骨的凉。

月照说："扎肚脐！"

万邦说："那行，就这么定！"

月照说："我先试试，我试试总行？"他用食指和拇指很稳地拈住刀尖，站好马步。他想：鬼哩！这草人眉目清秀的就像金家少爷像承禄，扎死你我扎死你！

他就这么想着将手里的刀一运劲抛了出去。他只看到一道白光扯着并没有留心其他，直到人们轰地嚷叫起来，他才留意到那刀子稳准地扎在那草人的肚脐上。

月照又将剩余的两把刀从手里抛出，依然像是由线扯了，刀子神奇地扎在同一地方。

万邦很平静，他好像没看见抛刀的过程。他甚至对月照笑了一下，然后很从容地用步子量距离，他均匀地跨了七步。

"你先还是我先？"万邦跟月照说。

月照说："随便。"

万邦说："那我先吧！"

他拎着刀子站在阳光下，眯起只眼朝草人瞄了瞄，然后将手中的刀子抛了出去，也那么掠一道白亮，却不是正中，稳稳地插在肚脐偏右的那地方。

他想：我能扎得更准。

他朝右手手心吐了口唾沫，然后又那么眯了半天眼睛，后来他听到人群里有人咳了一声，再后来他就将刀子抛了出去。那刀子偏偏又偏左了那么两寸。

万邦用眼睛睃看群众，他想找找咳嗽的人，但没找到。他心里有股气，但他忍住了。

万邦憋住气，敏捷地将第三把刀抛出，这一回那刀子像长了眼睛，稳准地扎在肚脐眼上。

"该你了！"万邦对月照说。万邦抛刀子时月照莫名地想起许多，现在他接过万邦递过的三把小刀竟觉得那么地沉。他看了看众人的脸，大家都微笑地看着他，他们好像已经知道了结果，他们好像觉得那刀子在月照手里便全都长了眼睛，所以他们那么笑。

月照觉得不妙，他勉强将手里的刀子抛了出去，果然那刀扎在肚脐上方两寸处。

人群中有了唧喳声，像一些小虫子在月照耳边绕飞。月照就在这片唧喳声中抛出第二刀，结果刀却扎在肚脐的下方。

后来大家都噤了声，大家都屏声静气看月照抛第三把刀。本来他可以更认真一些的，若扎个正中，一切也都蛮好，无非是个平手。但月照似乎异常马虎，漫不经心就将刀子甩了出去。

这一刀同样叫观众呀地失声喊了一句。有几个人当即蹲了下去，脸失望地灰成面粉袋袋。

万邦很神气地扯了超清往那边走，他转身时对大家说："以后就听我的！"他红光满面俨然一个大人。他说："人家还是去锄地！超清，我们去弄火！"

后来，超清帮着万邦将火从钻木里取了出来。那火像万邦的一张脸，在雨后的晴空里灿灿地燃。

## 第十一章

一

允中说:"月照,好好的你干吗让他?"

月照说:"我没让!"

他们又回到凹坡上挖地。林子里有鸟在蹿跳,跳出一种清新。远处南秀着一件蓝白碎花褂儿在逗弄几只小鸡。

允中说:"我不信。"

月照没抬头,他说话时一直没抬头,他始终挖着地,他知道他的脸难看,他知道大家一直没断了看他的脸。

月照说:"我真的没让!好好的我让他个什么?"

有根说:"要金参谋高营长在就不会有这事。"

月照说:"我没让反正我没让!"

允中说:"谁信?开始那三刀你怎么扎的,稳准地就在肚脐上?"

月照说:"我那时想到金家少爷想到叛徒承禄。"

有根说:"后来呢?"

月照说:"后来我只想到抛刀子,我一想到抛刀子就有点那个。"

允中说:"你看你!"

月照在心里叹口气。他很无奈,他无奈他说不服大家,反而让允中说着说着自己也觉得或许是有些让着万邦了。

他在心里说:"万邦,你好好带大家活下去,你好好为大家干事你我面子上都好过,对不,万邦?"他差点把最后那两个字喊出来。他抬头望望四周,坡地上没有万邦,万邦刚取了火在修葺那座茅寮。他听到万邦砍木的斧凿声。

那边,超清和万邦边修着茅寮边谈着抛刀的事。

超清对万邦说:"就是怪,月照第一回抛得那么好。"

万邦说:"他试哩。"

超清说:"可后来总该扎中一回两回的。"

万邦刚搭好棚架,现在他爬上了寮顶,正准备把冬茅铺上去,听到超清这么说,停住手,板了一副面孔说:"你说他是让我?"

超清摸不透万邦心思,他凝视了万邦很久,最后还是点了点头。

万邦说:"让我就是服我。我要立下些规矩,没规矩不成方圆。我还要树几个头目,你也做我一个帮手好吗?"

超清说:"我行吗?"

万邦说:"你是小秀才一个,寨子里需要一个读书人,你没看梁山好汉里就有一个吴用。"

超清说:"你看你,你总是来土匪那一套。"

万邦很认真地对超清说:"除了这一套我又懂个什么?我们处境艰难,要活下去,这一套管用。我跟千斗那么多年,我晓得这一套灵。"

超清没说什么,他知道自己说不出个什么。虽说是厌恶土匪那种作风和习气，但只要能活下去，只要那一套管用，超清愿意听万邦的。

## 二

从那一天起，万邦的话就少了，他常常一个人蹲在那儿想心事。万邦其实并没有什么心事可想，他那是在回忆当初千斗在寨子里的情形。万邦就用千斗那一套应对一切，果然有些作用，在十几个伢中选定四个头目，由四个头目分工四个方面，居然将一切料理得有条不紊。坡上的地已开出过半，种下了些菜蔬瓜豆，也种了稻米薯芋。茅寮全修葺一新，又将山里那股水改了道，盘绕了在茅寮前流过。剖了大竹成水槽引水，因此一些田有了灌溉。还和月照超清几个商议，决定在那条通道上筑些以备万一的工事。在一线天崖顶安了一些滚木乱石，既是一种最好的杀伤武器，又能将那唯一的路线彻底堵死。

万邦的聪明全尽用在了这些方面，居然顽劣之气少了许多。在大家看来，唯一不惯的还是山匪那一套做法，毕竟大家还是在红军队伍里待过一段的。可这特殊时期那一套管用，虽说心里总觉得有些别扭，但那一套管用众人也不好张嘴。

这一天万邦套了一只野鸡。万邦套住一只野鸡兴奋得像过节，他举了喊了跳了，狂奔了从林子里跑出来，手里那花团锦簇的野鸡像一团奇怪的火焰。

月照说："你看你，就一只野鸡，你笑成那样。"

万邦说："菩萨送的，不迟不早菩萨送了这好东西。"

允中说："有好东西落肚了，这些天肚子抠得难受。"

万邦说:"你就只晓得吃,改不了嘴馋的毛病。"

允中不说什么了,他注目万邦的每个动作。

万邦搬了张台子,那竹扎的台子很粗糙。万邦将它搬了,搬到一片凹崖下。又掐了几根干枯茅秆,一共掐了九根,将沙土撮成香炉模样分三拨插了。

万邦吩咐三发去弄火种来,自己就将几只竹碗摆在台子上,偏僻地方什么都缺,一切要自己动手做,伢崽们就学了远古的祖先,靠山吃山,用竹木做器具。碗是锯了竹节削制出来的,很古朴的一种样子。

万邦将那些"香"插在三个竹器里。他把大家召集到台子前,用三发送来的火种将"香"点燃,就向另几只碗里又倒了些酒。酒也是万邦用土法制作的,原料取自山里的一种野薯,这酒平常也用来做粮食,累了喝几口解乏。

万邦将野鸡提在手里,另一只手就握了快刀,麻利地在鸡脖颈处一抹,一股殷红东西随即迸射。万邦将鸡血小心地滴入每只碗里,看见鸡血成丝状在酒里浸渗,立刻就成了红红颜色。

万邦领头跪下,说:"菩萨在上,列祖列宗在上,红军共产党在上,金参谋高营长你们在上,红一方面军第三军第二师少谍队秦万邦、傅月照、洪允中、龙超清……"万邦念了所有人的名字,然后说,"我们给你们起誓,不做昧良心之人,不做叛徒不要脸东西,不做狼心狗肺家伙!"

万邦看着大家照他所说的念诵了一遍。后来他就在阳光下愣了好一阵子,他看天上的云,看袅袅飘起的烟,其实他什么也没看,他在极力回忆千斗当时的情形,千斗率众做仪式时的举止言行。万邦在记忆的窑洞里一点一点往外掏东西,他努力回忆千斗在同样场合说的每句话每个字,每个笑貌乃至举手投足每一个动作。

万邦肚里的回忆过多,他无法从中理出头绪,所以他就索性不理。那时候,大家都支棱了耳朵等他下面的话。万邦咬了咬牙关说了下面这么几句:"菩萨保佑,我们是劫难里逃生的几个小小人儿。我们虽是小小人儿,但我们有胆气,任什么都吓不倒我们。我们起誓,从此我们就是弟兄姐妹,有福同享有难同当,危安齐赴,生死与共!"

万邦说完,一仰颈脖将血酒喝完,又看了大家一一将各自碗里的酒喝下肚,这才抹抹嘴,绽了个笑脸。

## 三

很快夏去秋来,眼见得田里的瓜豆菜蔬一茬一茬地收获,种下的禾也由青转黄,秆梢尖尖上垂下稀稀谷粒。

万邦常常有事无事去田里看。田就在凹里那面南的一扇坡上,坡上有石有树,田就在大石和古木的缝隙间,巴掌大小的一块,上下东西形状不一,像和尚家百衲衣。

万邦常常就蹲在田边,似乎对那些作物有许多的牵挂。常去田边的还有另一个人,那人是月照,但两人去田边的时间各不相同。

这天万邦又蹲在田边,他没有听到脚步声,却看见有个影子从头顶罩下。

万邦回头,见是有根。

有根说:"我看你天天在这田头想心事,我以为你想出个什么来了。"

万邦笑笑，整个夏天日头很毒，将他那脸晒得更黑，黑成一种古铜颜色。

万邦说："我累。一累我就喉咙痒痒，想抽烟。我知道为什么旱烟烤烟那么受世人欢迎，你看师长一紧张一忙累，那屋里总是浓浓的一屋烟。人一累一苦或许就想抽烟。"万邦站起来拍拍手，万邦两只手上尽是尘土。万邦说："我想能种菜蔬瓜豆能种谷米，那一定也能种烟草秧秧。"

有根说："你每天在田头蹲那么一截时辰脑壳里就光想这些？"

万邦很认真，说："有口烟抽我会好过些，我现在晓得了，人烦乱的时候为什么急猴猴地想烟抽。"

有根点点头，说："你这么说我有点信了，其实也不是你一个人烦。"他想说，其实不必这么苦苦煎熬的，其实有个现成的好办法，其实困难时候万不得已么么做也没什么。

有根想说但没有说，他想：找个机会，找个合适机会再给万邦提吧。

南秀在直了大喉咙喊吃饭。万邦和有根晃着肩头顺了那细细的道儿往坡下走去。

## 四

确实是那样，月照偏也爱去那些凸起的田边大石上一个人独坐，不过月照是夜里来。看到一轮月升上凹坡的顶端，小风从一线天挤入，在这片似乎与世隔绝的天边里周旋。

月照就喜欢黑灯瞎火一个人蹲在这大小不一的石堆里。他喜欢在这田边听作物拔节生长的细微声响，喜欢听小风过隙时那种与枝叶耳语似的沙沙声，喜欢看凹里的山石树木山脊崖影在黑暗中演绎什么动人故事。

现在，月照又往那地方走。是月欲升未升的最好时候，但是今天他总感到有点异样。他听出一种响动。他摸到一根柴棍，悄悄朝那响动移步，果然看到一团黑糊糊的影子在茅草后面。他举起了那柴棍，他听到那黑影开了声。

"嘿！月照，是你吗？"他听出是允中的声音。

柴棍从月照的掌握中坠地，发出咣当的声音。

"原来是你！"月照说这话时长舒了一口气，"我还以为是豺狗。"

允中说："有这么老实的豺狗？"

月照说："你老实吗？老实你盯我梢？"

允中说："你蹲在那儿，木桩似的蹲在那儿一动不动。我觉得怪。"

月照说："我看北斗呢！"

允中说："你想你爷想队伍了？"

月照说："你不想？"

允中捡起手边的一根枯树枝，一边掰一边说："想，怎么不想？我爷我娘是让山匪给杀的，我一想起这事，就看着万邦别扭。"

月照说："这种时候大家要拧成一团。你不要对万邦有偏见，他毛病最多，但谁又没个毛病？"

允中说："他听不进大家的意见。我和有根都说该在上边筑个坝，将溪水蓄了，到发山水时也能挡些凶悍。万邦听不进，他说现在该做的都做不利索，还有闲空搞那劳什子。"

月照重重地叹了口气,说:"回吧,明天还要砍树。"
两个人在漆黑的山路上往回走。
月照叹了一口气。
允中也叹了一口气。

# 第十二章

一

金家少爷近来明显瘦了，脸上黄黄的没有颜色，江口乡绅谁见了谁都说："金家少爷你脸色不好。"

金家少爷知道自己脸色不好，他没法说什么，他只笑笑。那些日子，在大樟树下和绸布店老板方子仁走围棋，再也走不出名堂，连绸布店老板也觉得寡淡无味。

"你该去找郎中看看。"绸布店老板方子仁说。

金家少爷说："不必劳那神，我知道症结在哪里。我就不明白，十多个活生生的伢能从空气里消失去？"

绸布店老板方子仁说："那帮伢又没碍着你什么，赤匪主力都消灭殆尽，几个伢能翻起什么大浪？再说他们也不见得还活着。"

金家少爷说："生不见人，死不见尸，我觉得不自在。"

绸布店老板方子仁说："活也好死也好他们不碍你事，你何必？"

金家少爷说："我不在乎那些地底下藏着的东西，我在乎那些伢是死是活！人有时就这样，我也不想和那些伢们较劲，可他们到你梦里来，搅你弄你，不叫你安生，让你心上压一块又黑又重的大石头，是那帮伢和我较劲。"

绸布店老板方子仁说："我明白了，我终于明白了。"

后来，标有就来了，一副失魂落魄惊恐模样。"闹鬼了！闹鬼了！"他喊。

绸布店老板方子仁说："标有，什么事你慢慢说，你那样张张皇皇的哪有团总的样样？"

标有喘着气说："闹鬼了！好生生的，我家门梁上悬了颗枯脑壳，我说去取下来扔掉，却从那口里吐出张纸来。我一看，是张符哩。我看不懂，我给婆娘看。我家婆娘当时就瘫了，说那是无常鬼条儿，那是通知条儿！"

## 二

米铺黄老板家宅院里那口老井莫名地就往上翻泡泡。那天下人刘嫂去井里打水，一探头看见明镜似的水面翻腾起些白花花泡泡，先还没在意，后来越看越觉不对劲，便尖声喊叫。

标有婆娘正在试件新衣，人太胖，加上近来有了身孕，那衣服怎么穿都别扭，正歪眉皱脸的不高兴，听到刘嫂尖声喊叫，就别别扭扭地出来了。

"你惊喊个什么？"标有婆娘说。

刘嫂指了那眼井说："那儿不对劲，不对劲！"

标有婆娘看了看咧嘴笑了："就那几个泡泡你惊成那样？"

刘嫂说："你不能大意的。那年我家那眼井也翻过泡泡，我屋里那当家的也是不在乎，后来在田里耕地好好地就遭雷了。"

标有婆娘脸上的笑立刻没了影,说:"有那事?"

刘嫂说:"弟妹呀,没那事我说出来好玩?"

标有婆娘脸上皮肉紧了,颠着一双小脚在街上窜走。她在东街杂货铺那儿找到标有,标有正在和杂货店老板讲捐税的事。这时候胖婆娘颠颠地小跑了过来,脸白森森的难看。标有知道有事,他一看婆娘那表情知道必定有事。

标有婆娘说:"井……井里翻泡泡哩!"

标有说:"我当什么个事,它翻泡泡翻去。"

标有婆娘就有了哭腔,把下人刘嫂的话重复了一遍。标有额头立刻有了许多汗沫星星。他想:好好的井里怎的就翻腾泡泡?不会有什么事吧?

标有夫妇两个小心翼翼地过了两日。去过妙峰寺去过麻脸卦师那儿,所言偏偏都那么含糊,说全靠你们的造化,凡事小心为好。井是地眼又映一方天空,主风水龙脉,有异象你不能不小心的。

标有夫妇天天留心宅院里的动静。

这天他们终于看到了那颗枯脑壳。看到那张符标有婆娘就瘫软了,眼蒙蒙雾雾,看东西皆现双影。那时候标有婆娘已经有了喜,据麻脸卦师掐算说还是个崽呢。

标有说:"莫那样,莫那样!"

标有婆娘说:"我手软脚软。"

标有说:"唉唉,你莫坏了我崽。"

标有婆娘说:"我眼蒙蒙雾雾,我看东西都现双影。"

标有喊了一声"崽呀",就夺门而出去找金家少爷了。

## 三

金家少爷听完标有的叙述后不紧不慢地说:"你先抽一袋烟,你先拿了你那黄铜宝贝抽一袋烟!"

标有愣了一下,想:我家井里无端地起泡泡,我家门梁上悬一颗枯脑壳,我急慌慌找你你叫我抽烟?但标有不能不听金家少爷的话,他从腰间抽出水烟壶,他往烟嘴子里塞烟。标有手抖抖的,他塞烟总塞不进去。后来,他终于把烟点着了,他抽了两口,觉得涩涩的苦喉咙。

"你说你家井里起泡泡?"金家少爷说。

标有说:"它鼓,它不停地鼓。"

金家少爷说:"你还说你看到无常的什么条条?"

标有说:"好吓人的一颗枯脑壳,白森森透一种阴沉,叫人心里发毛,那纸条条就衔在牙缝缝里。"

绸布店老板方子仁说:"有这种事?"

标有说:"我说着好玩不是?"

金家少爷说:"你带我去你家看看。"

米铺黄老板的宅院院门大张,偌大的院子早没了人影。标有婆娘被那枯脑壳吓得蔫软了一截。"我去娘家,我不受这劳什子罪!"标有婆娘说。

标有说:"也好,你先避避。"

宅院出现怪异,突地就没了先前的颜色气氛,看哪儿都似乎有种瘆人的感觉。标有颠上颠下地去找金家少爷的当儿,两个下人心惊胆战地将枯脑壳弄到院子里。看见那白森森吓人的东西在院墙角落里滚跳，两个人都脸泛灰黑。"不做了不做了，还不知会有些什么怪异哩。"两个人当时进屋收拾行李，立马就回了家。

标有回屋时宅院黑黑的，标有喊了两句"刘嫂"，不见人应。拎了灯笼在院子里照，照照就照到那枯脑壳了。

标有对金家少爷说："你看你看，就是这劳什子。"

金家少爷接过灯笼凑近枯脑壳仔细看了一阵子，最后他踢了那东西两脚："不就坟堆里一个破烂？"

标有说："这事不那么简单，我想这事不那么简单。"

金家少爷说："你说说！"

标有说："那些红军冤鬼要掐算我，当初在河滩上他们就啐我，用那种眼神瞅我。后来你们剁了他们脑壳，他们恨我哩，他们做鬼也恨我哩！"

金家少爷很长时间没搭腔，他看着那团火在灯笼里跳，接着金家少爷冷笑了两声。

"出鬼了好，不是死鬼是活鬼哩！"金家少爷撇下标有，拎着灯笼在巷子里走远了。和标有恰恰相反，米铺黄老板宅院出现的怪异，没让金家少爷觉得恐惧，倒给他带来一丝喜悦。

他想：他们终于出现了，他们出现了就好。

## 四

但无论标有或是金家少爷都没有想到闹鬼的事会出自那个人之手。

那人是承禄。

金家老爷金归守自小没爷没娘，除了祖爷祖奶，真正带他大的是个老姐。镇子里闹红军那阵，老姐去了赣州一家亲戚家，就免了一场杀身之祸，直到金家少爷还乡，才将老姑妈接回，侍奉得像亲娘老子。

　　婆佬没有太多的事，侄儿在江口出类拔萃，在一方土地踏一踏地动山摇，当年老爷也没有少爷这么威风。这样的有权势侄儿当然不让姑妈做个什么事。

　　婆佬闲着没事，她要找人说话。她不喜欢那些下人，她就找承禄说。偏承禄有耐心听这婆佬的叨叨。慢慢的金家的这古板婆佬竟喜欢上了这个伢。她天天给承禄讲那些半通不通的古。

　　这天，婆佬讲岳飞和秦桧的古，承禄说："秦桧坏东西！"

　　婆佬说："千刀万剐，这些汉奸叛徒千刀万剐！贪生怕死，媚敌害友，标有就是这一类角色。"

　　承禄脸倏地变了。婆佬说："你不开心，好好的什么事叫你不开心？"承禄那时想，他们也会那么看我，他们把我看做奸臣秦桧，他们把我看做叛徒标有，他们把我看做红军的败类。

　　承禄说："我头有点痛，心口堵得厉害。"

　　婆佬说："哎呀呀，我去给你喊郎中老八来，让他给你看看。小小年纪喊脑壳痛那还了得？你去床上歇，我叫下人去喊郎中。"

　　婆佬前脚出门，承禄后脚就飙出了金家大院。

　　承禄不知该往哪里去。他漫无目标地在野地里浪走。他走过木帮子桥，看见梅江里那一线秋水在那半干的河滩间弯曲流淌，远远没入那缥缈的山影之间。两岸都是待收获的田野，三三两两的农人在黄的绿的田里。山中的枫是红的，在竹的碧翠和松的浓绿之间抹一缕缕的红。他有时被那诱人景致吸引，暂时将心事忘却，但大多时候抛不掉内心深处那沉重的东西。

　　承禄信马由缰地走，他不知道自己来到个什么地方。那时他听到有人说话。那是一片烟田,那片烟田在一片凹里,凹两边的矮坡上是成片的坟包。他听到烟田里有人说话,两个男人在各自的烟田里砍烟,他们说着话。田里的烟黄绿各半,坡上晾晒的烟叶却金黄一片。

承禄坐在离烟田不远的一块大石上,一棵矮树恰好将他的身子遮住。他听到两个男人在不远的地方说着话。

一个说:"你放了什么肥?你那烟叶子那么好。"

那个说:"还不是舍得往地里上肥,菜枯我用了半箩。"

另一个说:"难怪,我说你叶子那么好。"

那男人叹了口气。

另一个说:"有好叶子你叹气?"

那个就说:"好东西惹眼,好东西还在田里就叫人瞄上了。他说,老万,你那叶子好哇,送几斤过来我要买些子啦。"

另一个就说:"你说谁?说那个鬼标有吗?"

那个说:"说得比唱得好,他买,哪回他买过?迟早要有报应!你想河滩子上那些红军冤魂会放过他?"

"就是!"另一个说,"还会有事,你看就是,还会有事。"

两个人都站起来往回走,他们没有发现承禄。

## 五

承禄看着那两个男人耸着肩往坡下走远,他才站起来。他内心涌起些什么,在乱坟岗子上胡乱地踢,结果他就踢着那颗枯脑壳。那枯脑壳在乱坟间滚了几滚,牙眼鼻骨那些洞洞全怪里怪气的。承禄冷不丁打个冷战,厌恶地扭过头去。

承禄那时耳边还飘着那两个男人的话。"迟早要有报应，你想河滩子上那些红军冤魂会放过他？"

承禄对自己说：承禄你该做点什么证明自己不是标有那类人。这时，承禄心里动了一下，那主意跳了几下就跳出来了。

后来，他就脱下衣褂，将那枯脑壳包裹了。他在暮色中往镇子里走，他奇怪居然没有碰到几个熟人。他在进镇子前甚至没忘了从河堤上那黄泥浆浆里抠出几条蚯蚓，弄了张黄表纸任了那些生灵在纸上攀爬，他看见那些虫虫在纸上弄出一种奇怪图案觉得很满意。他把那纸小心地塞进枯脑壳白森森的齿缝间。

就这样，到夜深人静时候，承禄壮着胆子拎了那东西穿街走巷，将它弄在了标有家院子门梁上。

# 第十三章

## 一

远远藏匿在深山里的少谍队伢崽们不知道江口镇发生的那些事，他们忙碌他们的事情。山里连着打了几场霜，田里那些作物眼见可以收获，他们带了几分喜悦准备那收获时刻的到来。他们很忙，收割前有很多该忙乎的事情。

几个伢在溪边磨镰，溪滩里到处都是角笋大圆圆卵石，是上好磨刀石，随意地就能弄来磨镰。几个伢就在大石上磨镰，弄出一阵阵粗糙响声，黑红的锈水在光滑的石面上淌，最后融入清流中间。他们举起了镰，那月牙形刀口在日光下白白亮亮，锋口地方更是冷光耀眼。

万邦将刃口对向嘴边吹着，吹出一种尖锐的哨响。

万邦说："比我那砍刀也不差，能用来杀人。"万邦好像正经历那种事情，他像煞有介事地在空中做了一个动作。

又硬说："你总忘不了杀人。"

万邦说："我想着杀金家少爷想着杀叛徒标有，我想不得？"

允中说："现在你还谈什么杀人？现在我们能活下去就不错了。"

万邦嘿嘿笑了两声。万邦说:"道理我比谁都懂,可我就是手痒痒。在这荒僻地方待,待得我都乱了心了。"

允中嗤了一声,叨叨了一句:"手痒痒洗炭去!"

万邦当然听到了,但万邦没发火。月照原以为万邦要发火,但结果没有。他奇怪万邦自做了主事的人后连脾气也顺畅了许多,他不知道那"顺畅"其实每次万邦都付出极大代价。万邦那时想:你别跟他计较,你现在这身份你跟他计较个什么?月照只是听出万邦那磨镰的声响不同先前。

后来大家都不再吭声,就那么埋头于磨镰,霍霍的声音在秋天的山野里响着。

## 二

那一天开始,南秀就整日地皱眉。

超清说:"你看你,你一皱眉就老了有十岁。"

南秀说:"老就老去。"

超清说:"你该笑。"

南秀却哭了起来。

超清顿时慌了手脚,说:"你不笑就不笑,你哭什么?"

南秀说:"没盐巴了。"

超清说:"我当什么事,不就是没盐巴了吗!"

南秀没有说话,她还是哭。超清觉得她没名堂,摇摇头就走了。后来,这城里伢才知道事情的严重性。

断盐的第五天,超清第一个叫了起来。"哎呀!"他说,"我吃不下了,怎的我也吃不下。"

大家都吃不下东西，大家都看着那竹做的碗儿发痴。

"超清伢你不要叫。"月照说，"大家都吃不下呢。吃不下算个什么？你看人家同伢！"月照过去，不由分说将同伢那截裤脚捋开。大家的目光都扭向那腿，同伢的大腿上那处伤口脓血不止。

万邦暴跳如雷，他好久没发这么大脾气。

"同伢，你伤弄成这样，你也不吭一声？"他说。

后来他就转向南秀，他那张脸黑得难看，但他说话的声音突然柔细了一些。"同伢的伤口成那样你不知道？"万邦说。

南秀不说话，南秀哭。

同伢说："是我瞒了她没让她知道。"

又硬说："晓得了又怎样，没药没盐巴，还不是干着急！"

万邦在那块石头上坐了很久，一动不动，他好像要把自己也坐成一块石头。他在那儿沉思，人一沉思就容易把自己坐成石头。万邦不知道那会儿有根又走到了他的身后。有根脚步很轻，两只脚板轻起轻落，几乎听不出什么声音。

后来有根终于开了腔，他一说话万邦就难免吓一跳。有根说："有件事我在心里窝了很久，一直想跟你讲。"

万邦说："有事你说！"

"没盐巴了没药了。"有根说。

万邦说："这事是个事。"

有根说："有钱了什么东西都能有。"

万邦说："废话！"

有根说："我们为什么不能拿点？"

万邦说："什么？"

有根看着远处，他没看万邦的脸。

万邦回过头，万邦好像明白些什么。

许久，万邦才说："亏你想得出！"

有根说："东西是我们埋的，我们也算是有份。"

万邦说："你不要说了，我不听！"

"你听我说完，"有根说，"那些东西留在地底下终究也是烂了朽了，不如弄些来救命。"

万邦忍住了，没扇那张瘦脸，搁以往他有这激愤肯定失态。他把手抠进了沙土里，从沙土里抠出些个半枯的草根根。他把草根塞入嘴里，嚼出许多黄泥浆浆从嘴里淌出来。

有根觉得万邦当时那神情让人毛骨悚然。有根内心不由颤抖几下，悄悄地离开了那地方。

## 三

坪里，那几只鸡在觅食。鸡已经长大，有几只已开始下蛋。那只公的冠红毛锦，常常跳上那篱笆引颈长鸣，不可一世的模样。大家都坐在坪里，看了黄黄的秋日悬在头顶，像是等待着什么到来。

有根说："埋在土里也是霉了烂了，我们弄些来解燃眉之急，我说得不对？"

没有人吐他的口水，但大家都不说话，好像原本他就不存在。这让有根感到空前绝后的孤独。有根觉得他是被大家抛弃了，他不如泥地里爬着的那些小小蚂蚁。他不想大家这么对待他，他倒期望大家狠狠地打他一顿，恶声恶气地骂他，或者真就朝他吐口水。但没有人那样，大家好像约好了似的，连眼角也不往他这边看。大家都各干各的,各自想着各自的心事。

万邦在说着话。万邦说:"我看只有这样!"

有根很伤心,他明白万邦在谈另外一桩事。

有根想:他们背着我商议过别的主意,他们为什么要背着我?我做错什么事了?我那么说不是为了我自己,是为大家。老天在上,我发誓我没有歪心。

他们确实商议过一桩重要的事。那天,万邦从地头回来,觉得没盐巴的后果比想象的要严重得多,就找到月照。月照说我正要找你,我有个主意拿不准行还是不行。万邦说你说来听听。结果一说出来,万邦吓一跳,后来就忍不住笑出了声。原来他们想到一块去了,事情实在太巧,好像两个人商议好了一样。

他们决定劫盐帮。

金家少爷为牟利组建了一支贩私盐的驮队,他们从广东弄来紧俏东西利润惊人。贩私是隐秘事情,因此走的是一条秘密线路。那路,恰就从少谍队他们藏身的这凹数里地之外的一条栈道上通过。那天允中追赶一只麂子追到那儿,偶然发现了那驮队。

劫盐帮不是好玩的事,他们决定给大家说说。

三发说:"那是金家少爷的人,他贩私盐牟暴利,他活该!"

万邦说:"他们有五六个人,他们有枪。"

又硬说:"我手痒痒了。"

允中说:"看你,谁个不痒痒?"

又硬说:"不是有人想昧了良心吃现成?"

有根又恼怒又委屈,他感到有什么在肚子里发胀,就像那年吃多了烤薯那么地发胀。他想起昨天万邦抠草根的事儿,他不知怎的就想起那事儿。于是他也把手抠入泥里,他感到指甲很痛,但他还是往里抠,后来他就抠到草根了。他把那些半枯的草根抠出来，也放入嘴里嚼，黄黄的浆子顺了他的嘴角流。他嚼出一种苦涩，就跟他现在的心境一样，是一种说不出的苦涩。

他听到那些同伴在七嘴八舌地说着，他知道他们在说着劫盐帮的具体计划和方案。胀和苦涩的感觉充溢了他的全身，他没听清楚他们说些什么。

他不停地嚼草根，他一嚼草根就觉得心里好过许多。

## 四

他们在离栈道不远的地方设了个暗哨。那天哨兵终于看到了那支贩盐的驮队，三头驴在远处的坡路上走得像三只蚂蚁。

少谍队的伢们立刻来了精神，他们按原计划迅速在那道险谷地方设下了埋伏，远远地看着那五个人三头驴走进谷口，那险谷像一只细长的口袋似的横在大日头底下。

情形并没有像万邦他们先前想象的那么复杂。他们屏住气等驮队走进"口袋"，然后就在入口地方推下事先准备好的大量滚木和石头，一阵轰隆轰隆的响声，那退路已经封死。开始时五个男人惊懵了一阵，但立刻回过神来，他们隐蔽了老练地朝崖顶开枪。待伢崽们喊着跳着冲下崖去，那五个人高马大的男人竟吓得瘫软在地半天爬不起来。伢崽们脸上抹着黑灰的东西，披了一头长时间不曾理过的头发，看去像一群古怪的山妖。

枪响的时候有根冲到了最前面。那天他嚼草根，嚼嚼他就嚼出点什么。他觉得自己那意见虽然也不是太过分，但大家都不赞成，至少是提得不合时宜。他觉得要洗刷一点耻辱，他只有借了这场战斗，他想好了要不顾一切地冲锋。

待冲下去却远不是那么回事，那些男人丢盔弃甲的模样很可笑，他们喊："鬼！鬼！"就瘫软了。

有根第一个冲到驴子跟前，他把口袋解开，猛地抓了一把盐，他把盐捧了起来："盐巴！盐巴！嘿！是盐巴！"

有根万分激动，他比谁都来得激动，他看见月照冲他笑了一下，那一笑让有根如释重负。但又硬蹿到他身边狠狠捏了他一下，他才记起这次行动是不能随便说话的，说好了不准开口和脸上涂抹一样，为的是能迷惑对方。

有根知道这回自己又错了。他看万邦，万邦正指挥大家将盐包从驴背上卸下来。大家都很忙也很兴奋，所以大家没顾得上太多。

那几个男人一直在那边瑟缩不已。他们以为遇到了劫匪，但现在看来不像，这些人不人鬼不鬼的看上去很蹊跷。他们觉得无论是劫匪还是鬼怪，落到这地步他们是活不长的了，所以他们瑟缩着等死。

他们看见怪物中最高的那个朝他们走过来。那人是月照。月照朝他们做了个手势，示意他们可以走了。他们喜出望外，开始且信且疑地走，他们走了近百步才敢硬了脚脖走。

# 第十四章

## 一

金家婆佬跌了一跤,将膝盖跌出一团青紫,肘臂地方被天井大石擦了一下狠的,弄去两指宽的一层皮。

她是为承禄找郎中给跌的,结果矮子郎中来了金家大院果然忙乱一场,却不是给承禄看病而是忙了为婆佬诊治。

"人是急不得,"婆佬说,"我一急没留神就踩了那青苔。那东西看看不起眼,滑,不留神要坏你骨头。民国十一年,我一个同庚就踩了青苔跌一跤从此站不起来。"

承禄说:"婆婆,你看你,我说我没事。"

婆佬说:"一转身不见了你影,你去了哪儿?"

承禄说:"那时我脑壳痛,我说去料屋里看我那些蝈蝈,后来,就横在禾草上困着了。"

婆佬说:"我说,我说你转眼不见人影,急得我……"

承禄说:"你不要急,这点子事你都急。"

婆佬说:"世事不太平,你没听说标有屋里的事?井里无端翻泡泡,门楼里又现了无常东西。"

承禄说:"活该了,那是报应!"

婆佬说:"那是那是!可大家都小心的好。"

金家少爷去了赣州,他去那地方弄些消息。听说形势并不太妙,近百万大军居然没能彻底歼灭红军,雪山草地险关恶水居然也没困住那些残兵败将,竟然让人家四渡赤水,翻越雪山草地,突破天险腊子口,会师吴起镇去了陕北延安,又在那儿红红火火地闹腾了。

金家少爷坐着一只竹排,水清流缓,日朗风舒,两岸风景如画。但金家少爷无心观景,白白浪费了大好风光。现在金家少爷一身便装,清秀雅致地盘腿于排头想心事,倒成了别人眼中的一道风景。

日子能有这般安逸就好,金家少爷想。

但日子没有那么安逸,总有事,对于江口镇金家及其附庸来说,总有说不清的一种东西不痛不痒弄得日子不安生。

王屠户大喉咙地当街喊:"我不信那邪!我看哪路妖魔能搅了我女儿女婿的好事?"

王屠户弄了只猪头,拎到米铺黄老板的宅院里。他将那猪头劈了一下,就有红红的血涌出。王屠户将那红红东西在院墙屋墙每个角落都蹭了许多。他使劲地抛着,将血滴抛向墙面,弄得白墙脏兮兮一片。

他说:"有时候事情就是这样,你越怕它它越惹你。"他开始张罾。那种三角小网是乡民用来去溪河里捕鱼的,现在却有了别的用场。王屠户将几面罾张在门窗地方,然后就领了徒弟崽举了两杆铳在宅院里走,走一个地方放两铳。后来,又弄了几颗炸子,往墙上猛扔。那炸子是山民用来炸野物的,拿猪油包裹了,丢在豺狗常去的地方。豺狗嗅到肉香,用嘴咬,一咬就炸了,将下巴炸去。现在王屠户不炸豺狗他往墙上扔,扔一下就爆响一声,那墙就腾起一团硝烟,整个镇子都被惊扰。

人们都往那家宅院方向望,他们看见王屠户一头大汗地从米铺黄老板的宅院里走出来。王屠户回到家,对女儿说:"没事了,你们回去!住在娘家让别人看笑话了,你让你爷脸面往哪儿放?"

## 二

标有婆娘听爷的话。她对标有说:"回吧!"

标有说:"你说回就回!"

标有明显是瘦了,本来就瘦精精的脸更窄得可怜。标有内心是不肯回那宅院的,但老丈人有模有样将屋院上下弄了一场,若不回去,被那杀猪的小看了不说,还会被乡民笑话。

刚到巷子拐角,偏偏就碰到金家婆佬带了承禄去街子上逛。

标有婆娘看婆佬急匆匆样子,就问:"婆婆你们这是去哪儿?"

婆佬说:"带了承禄伢去庙里烧香。"

标有婆娘说:"婆婆你也去妙峰寺这般的勤?"

婆佬笑笑说:"那地方是去得越勤越好的,不然说不定哪天你就把菩萨得罪了。"

标有婆娘大概是联想到自家眼下的境况,脸就现了苦相。那边,标有也拉长了一张瘦脸。

承禄想笑,他真的就笑了两下。

婆佬说:"崽,你笑个什么?"

承禄说:"我想到你昨晚上讲古,讲到牛魔王被孙猴子戏弄,真是开心得不行。"

婆佬说："你看这伢，细伢就是细伢，一件事总放在心上没完没了，好好的他想起那个。"

标有看见承禄永远用那种不屑的目光看自己。这个曾是自己手下囚徒的细伢，不仅鲤鱼跳龙门进了金家，而且备受了这鬼婆佬的宠爱，根本就不把我这个团总放在眼里。但标有万万没有想到家中的怪异会和这个文弱的伢崽有关。

承禄看着这狼狈的一对夫妇，他觉得很开心，承禄没想到会这么开心。多日来复杂紧张的心理、那种莫名的压力缓释了些。他原先并没想到这许多，如今这结果让他觉出了无穷乐趣。承禄就有一种难耐的冲动，想把这恶作剧彻底地玩下去。

妙峰寺近日来香火格外旺，今天更是不同。婆佬每回来，住持总要留了婆佬在庙里吃斋。一来婆佬是江口权势人家长辈；二来这婆佬舍得捐钱捐物，每回来都往功德箱里塞可观的银钱。今天当然也不例外，看了那老妇人大方地往那箱子里塞东西，老和尚眉开眼笑，吩咐灶间做斋饭，他要留婆佬吃饭。这让承禄有了闲暇，能畅快地和小和尚在空坪上玩。

"咱们捉响屁虫。"小和尚八九岁的样子，也剃一个小光头。他弄了一种什么水水涂在坪上的老树墩上，不多时，就有很多的响屁虫虫从林子各处飞来。

那些虫子很难看，还弄出一种难闻的气味。

小和尚说："他们说这是不吉利东西，不准我玩。"

承禄说："它怎么不吉利了？"

小和尚说："他们说这虫虫气味臭，从坟坑里爬出来晦气。"

承禄说："我看不出。"

小和尚说："我知道你识货，我把秘密告诉你，这秘密只我公公才知的。我公公弄风湿病方子，要用好多这种虫虫。我公公就用一种水水，这水水随便往哪地方涂，这虫虫就蜂拥了来。后来我公公将那方法教给了我，我知道怎么弄那水水。"

承禄想起什么，承禄说："你教给我！"

小和尚说："你发誓不告诉人家，你发誓！"

承禄说："说出去我天打雷轰！"

小和尚皱了眉想了好久，终于还是附在承禄耳边嘀咕了好一阵子。

## 三

下人走了不肯再回来，屠户丈人叫手下一个徒弟伢帮了女儿家做杂事，这些日子就伺候标有夫妇。徒弟伢做不惯家务事情，手脚不利索，正赶上这些日子标有婆娘心情不好，肚里那团血肉又不安分，本来就不好的脾气就更加坏得可以。每天要吃一钵老参蒸鸽，徒弟崽小心地蒸了，端上的不是时候，正瞌困又滚沸难下咽，不由就招讨了一顿狠骂。骂人的难听话就像脏水，不间断地从那两扇厚厚嘴唇里倾泻而出。徒弟虽说出身贫寒，但从未受过如此委屈，端了那碗东西眼泪汪汪地站在院里。

那时候承禄恰好进门。

承禄说："阿晃，你怎么了？你脸像抖了灰的布袋袋。"

叫阿晃的徒弟崽说："没什么。"后来，就认出了是承禄，说，"是少爷呀，你怎么来了？"

承禄说："金家婆佬去过妙峰寺，讨得了住持的符帖。他们说这帖儿灵，婆佬叫我送上两张给这家人。"

徒弟崽说："也亏了金家婆佬，还忘不了给这家人施善，别人都怕沾这家人晦气,远远地躲开了。"

那时候标有从屋里出来,标有说:"院子里是哪个?"

徒弟崽说:"金家婆佬叫承禄少爷送符帖来。"

标有说:"啊呀!金家婆婆真是菩萨心肠,还牵挂了标有啊!"说着把那几张符帖接过去,叫徒弟崽当时就端正地往里屋灶间那些房里贴了。

那时候承禄有一句没一句地和标有聊天。他注意看标有那瘦削下去的一张脸和昏雾的一双眼睛,那副可怜模样让承禄很开心。他想:一会儿就有了,那些符纸上都涂了那种水水,一会儿那些虫虫就会循了那气味来。这许多日子来也只有这事儿开心,这游戏我要彻底玩下去。

## 四

承禄满脑子尽是那些虫虫。他知道那些虫虫很快就会云集到米铺黄老板那宅院里,它们会在标有狗东西的家中为所欲为。它们爬门楼,它们爬灶壁,它们爬那些能栖在上面的一切物品,它们拥在那些漆得光亮的衣柜桌子碗橱条凳神龛上,拥在谷仓柴屋酒坛盐缸盆钵花瓶牌匾上。他想象标有看到那一切时一惊一诧的样样就忍不住十分开心。

承禄那餐中饭没有吃好,他一直关注西街那边过来的消息。果然不久就有了说法,沸沸扬扬很快就笼罩了整个镇子。

下人王七飙手飙脚走进婆佬的屋里。

"标有屋里又闹事了!"王七说,"好好的屋来了许多的响屁虫虫。"

金家婆佬说:"响屁虫虫?"

王七说:"响屁虫虫像在他家里过节,铺天盖地地来。"

金家婆佬说:"造孽哟,前世造多了孽,连妙峰寺菩萨那儿请来的符帖也不灵了。崽耶,崽耶?"她喊的是承禄。

承禄说:"婆婆你喊我?"

金家婆佬说:"崽耶,你陪我去西街。"

承禄说:"上午才去过的你又去?"

金家婆佬说:"标有家莫名地又有了虫虫,我们过去看看。"

日头很好,一老一少两个人在街子上走。街子上每个人似乎都在谈论米铺黄老板宅院里发生的事,见金家婆佬和承禄过来,都噤了声。

这一老一少刚要踏上西街的那些麻石,就看见四个男人抬了一副担架从标有家屋院那边急急走来。那上面躺了的是脸色灰白失血的标有婆娘。婆佬问那几个男人是怎么个事,那几个男人说屋院里现了响屁虫虫,妇人吓得跌在地上,口中吐白下面流红。

金家婆佬呀了一声,说:"怕是动了胎气了,那是不得了的事情。标有呢,这鬼标有飘到哪里去了?"

男人说:"碰到这种事,人就木了,他坐在木凳上发木呢。"

果然标有坐在厅堂里,脸木木的没有表情,进来的一老一少并没有惊动他。

"标有!"婆佬叫了一声。

标有没有应。

金家婆佬看了标有好一阵子,后来就猛一抡巴掌狠狠在那脸上扇了一下。标有哇的一声,叫了一句"婆婆",脸似哭似笑了好一阵子。后来就跳手跳脚在屋子里转,大叫说:"婆婆!有人要害我哩,害我不得安生,害我断子绝孙。我要晓得是哪个作的恶，我放不过他，我要剥他的皮剁他的肉抽他的筋挖他心肺！"

婆佬说："你看你，你不要这样嚷嚷，你这样嚷嚷把我承禄伢都吓坏了。"

承禄那时正如每次得手成功那样沉浸于一种开心喜悦和自我解脱之中，他想哼歌子，他的腿脚还因了得意微微跳抖。但就在那时，标有大叫了起来。标有叫嚷的时候眼里有一种恶毒凶狠的东西，他好像知道一切都是承禄所为似的盯着承禄。承禄怎么听都听出标有那种恶毒是冲了自己来的。

承禄觉出了恐惧。他觉得身上的皮肉在起变化，一阵硬一阵软。他恨自己，他觉得自己内心深处那些怯弱的精灵又从关闭了很久的什么地方跑出来了，他真想赶快离开这地方。他终于听到金家婆佬说走。承禄出门时很想看标有一眼，但他没有看，他就那么低了头走出了那座屋宅。

## 第十五章

一

过了十天半月,就要开镰收获了。

大家都鼓着眼等了这一天的到来,大家都觉得这一天很重要。现在棚寮里有的是盐巴,他们再不用为盐巴发愁了。那些盐巴能吃个三年五年,有机会还能弄出些去山外换钱换日用东西。现在就等着收获庄稼。收了秋,有稻米粮食有填肚子的东西,就什么也不怕了。一年两年,三年五年都不怕,一定能等到队伍回来。

那天大家都把镰刀捏在了手里,有根还砍了三天竹子剖了很多的篾,在那儿编了几张篾席,他说晒谷用。月照将一间棚寮空出来做仓库,扫了一遍又一遍。南秀在灶间哼歌子,一边哼了兴国山歌一边做那些做了好多遍的活儿。总之大家都在忙,大家都想尽快让米谷薯芋什么的都统统收了进仓。

月照是第一个看见那团乌云的,远天一团云透着沉铅的颜色,先是一抹,后来就渐渐扩展开来。那团云不久就像驱散的野马,铺天盖地往四下里狂奔而来,立刻就像有一口大锅,将天地遮罩个严实,四周立刻暗淡了下来。月照第一个感觉到那场雨的来临，有一颗也许就是最初的一颗摔在他的脚背上。当时他正在坪院里踱步，一颗什么就砸在他的右脚背上，他觉得有些痛，低头看时却没有看到什么。后来紧接着就有好几颗砸在月照的额上肩上，这回他看清了，看见那些很大的水珠落在地上摔成八瓣的情形。

月照甚至没来得及想更多，立刻就狂风大作，天像被人撕开无数道口子，那雨不是一颗一颗地落地，而是一汪一汪地从那些口子处倾泻而下。

少谍队的伢没见过那情形，他们当时就懵了。后来他们看着风把棚寮的茅顶给掀了。

超清说："妈呀，风把屋顶给掀了！"

超清从未见过这种雨，那不叫雨，那是从天而落的水柱，像一些被风抽动的液体的透明鞭子，这个山头抽一下那个山头抽一下。雷声顿时大作，闪电不停地撕着天上的那些口子。

暴雨肆无忌惮地下着，伢崽们开始对突如其来的雷暴还有些子惊愕，后来竟觉出几分新鲜，而后却有了一些欣喜了。他们感觉到雨中的一切非同一般，很刺激很新奇。他们觉得很痛快，他们没有想更多，其实一场灭顶之灾像一只无形的怪兽正蹑手蹑脚地朝这帮细伢们毫不留情地走来。

二

他们看着雨铺天盖地地落下，看着风摇撼着大树小树，看着闪电和霹雳在头顶疯狂，看着每一处崖壁都拉下无数银链般水帘，看着周身全是汹涌的瀑流横奔竖窜。后来，他们看到枯木及败叶还有一些小兽的尸体被山水从崖坡各处冲下来，在谷中那水的汪集处打着旋旋，他们看到水流的裹挟中还有黄熟了的禾稻青中带黄的薯叶芋叶。

有人呀地大叫起来，那是允中。

那时大家正忘乎所以，暴风骤雨的倾泻让一伙伢崽们有一种畅快淋漓的感觉。允中的那声喊，让大家顿时明白了自己的境况，好像这时大家才想到棚寮，想到那些来之不易的盐巴，想到那些成熟待收的庄稼，想到栖身之所，想到和自己生存与命运息息相关的许多东西。

又硬那时候看了万邦，说："我们该怎么办？"

允中说："能怎么办？叫筑个坝，不听，现在好……"

众人看万邦，万邦在那边勾了头不吭声，脸色十分难看。

月照说："都这样了，允中你不要说了。"

"叫筑个坝，不听，现在好……"允中还在嘀咕。

那时候雨还没有停，万邦木然地往大雨中走。月照回过头，看见万邦木然地在瓢泼的雨中一脚高一脚低地往坡上走。月照朝他喊："嘿，你去哪儿？你要去哪儿？"

万邦没有回头，他固执地那么走着。

雷暴确实如一群野马，疯奔浪走了半个下午，突然遁形无影无踪。天空立刻复原了先前的样子，好像什么都不曾有过，白白的云游丝状在高处忽聚忽散怡然自得。但地上却完全是另一种样子，狼藉一片，烂叶败枝腐木横七竖八斑驳邋遢。黄黄的泥浆污染了那些风采灿灿的野菊，污染了那些姿态各异的山石，污染了一截风景。

月照领了伢们在收拾被大水毁坏的棚寮。他们头上是汗，手上身上尽是泥浆，脸是一副慵懒表情。

月照砍了一根毛竹，他想把竹子弄开却怎么也弄不开。远远地他看见允中窝在那儿，他朝允中喊了两声，允中不理会。

月照说："允中！你决定要走了吗？"

允中愣了一下，说："你说什么？你听谁说我要走？"

月照说："那你这样？这些日子，我们什么没经历过？该经的难都经了，该吃的苦也吃尽，还有什么受不了？你这样？"月照说着，脑壳里翻江倒海想起许多往事，想到世事的艰难想到诸多的委屈想到那些拉拉杂杂烦人事情，眼角就湿了。他吞了口口水，说："你要不想走，你跟我剖竹子去，我们从头来过。"

允中嘟哝了几句。月照没听清楚他说个什么，看见允中终于站起来跟了自己朝那堆竹子走去。两个人开始剖竹，才弄出两根，又硬风风火火地喊着月照。

"月照！月照！"又硬喊着，额头上的汗滚豆似的往下淌。

月照想：怕又是有什么事，一有事脑壳就大。

## 三

雨停了很久，大家一直没见万邦踪影。过了一个上午，还不见万邦回来，月照就叫又硬去找找。现在又硬终于回来了，他那种样子，月照总觉得会有什么事。

"我找到他了。"又硬说。

"那他呢？"月照问，"他在哪儿？"

又硬不答，只说："你们跟我来！"就扯了月照往崖坡险处走。崖坡处有一个豁口，四面都是刀削般的陡壁，除了雨后的狼藉什么也没有。

月照问:"他在哪儿?"

又硬往高处指,说:"那不在那儿!"

月照细看,才从山崖顶端的乱石当中看见万邦的一颗小小脑壳。月照朝万邦喊了一声:"喂!"

万邦好像没听见。

"见鬼!"月照说,"我上去看看!"

又硬说:"你小心。"

崖壁上岔开了一条缝,是天然的一架梯子,那梯子一般人是不敢攀的。那天说找药,几个伢发蛮劲攀到崖顶,那地方很高,往下看叫人有昏眩感觉,很怕人。几个伢都弄出一身汗来,后来就谁也没来过。

那时候雨还没有停,万邦背过身往雨里走。他听到月照在喊他,但没有回头。他的心里也在起着雷暴,有一种闪电在内心深处像鞭子似的抽打着他,他觉得痛苦不堪,所以他就那么在大雨中呆走。他不知道自己在干什么,更不知道自己往哪里走。他只想找点什么事来折磨自己,他只觉得那时刻他有点和自己过不去。他盲目地在雨中走,后来,他就走到这座崖坡底下。

他觉得特别难过,他想去一个地方。后来,他就往崖上攀。他那时没感到有什么难攀的,攀攀他就攀上来了。他一直坐到雨停,他知道大家在找他,他听到又硬喊他的声音,他没有答理。现在眼见到手的一切和已经到手的一切都没有了,很多的辛苦和艰难之后,却依然是两手空空。

月照艰难地攀上那座陡崖,他抹着一头的大汗。其实月照攀崖是老手并不至于费多大劲儿,他是心里急,一急身上各处都像堵了些乱麻,鼓胀鼓胀得难受。他就觉得笨手笨脚不利索起来,头上的汗肆无忌惮地涌。

月照终于看见万邦了，万邦坐在那儿像块石头。

月照朝万邦走过去。

月照说："万邦，你叫大家好找。"

万邦说："我心里难受。"

月照说："谁心里不难受？都这样了，谁心里都不好受。"

万邦说："你走！让我一个人坐坐！"

月照说："你别这样，你别有什么事想不开。看你，平常时候你最乐观，你是少谋队里好佬！"

万邦呜呜地哭起来，月照吓了一跳，月照从没见过万邦哭。万邦哭得回肠荡气，崖谷里四处回荡着那不间歇的哭声。

月照说："其实也没个啥，不就从头来过？只是你一哭叫大家少了信心，好多双眼睛都看着你呢！"

万邦果然不哭了，他看着月照，说："万邦对不起大家。"

月照说："你看你，老天要打雷暴，哪个拦得了？"

万邦说："我不该不听允中的，他说要垒个坝来着。"

月照说："那事过去了。"

万邦说："我想好了，我没脸再在这里待下去。"

月照说："看你，说没影的话，你不在这儿待你能上哪儿？"

万邦说："听说千斗回了峭支，千斗又在那儿支了寨子。我想回峭支去，我还是习惯过那种日子。"

月照说："你又要去做山匪？你……"

万邦说："咱们下去吧！"

## 四

两个人开始往崖下去,他们都很老练。他们时而抓了古藤滑一截,时而足蹬了石隙跳行。其实老在山里待的人都知道,上崖容易下崖难。他们却都老练自如,像两只山猴。

他们走到场坪里,四周都是黄乎乎的泥浆,树蔸上草叶上大大小小的山石上,到处都是黄乎乎的泥浆。大家正在修葺棚寮,看到月照和万邦从那边走来,就都停下手里活往这边看。万邦很抖擞地朝大家走过去,他甚至朝大伙笑了一下,笑得大家都很诧异。

"都在哩,"他说,"都在就好,我有话跟大家说。"

他边说边揪着衣角,揪了一下又揪一下。后来,他将左手探进衣兜,那儿凉凉硬硬是金参谋的那块表。他把那块表捏在掌心,很快他就感到那表湿渍渍的沉重异常。四周很静,大家都望着万邦,好像等待一桩很重要的事儿发生。

万邦说:"我要走了!我跟月照说了,我要去峭支千斗那儿。"

又硬说:"你看你,又没人说你,你走什么?"

三发也说:"就是!你这样,你这是作难大家了。"

万邦又笑了一下,他笑里透了固执。他从兜里掏出手伸向月照,他把那只表递给月照了。他觉得鼻子有些酸,他觉得很怪,人有时就有这种说不清道不明的感觉,一有这种感觉鼻子就酸。

他说:"我要走了,以后大家听月照的,其实他比我行。我想跟大家说,我不会去做昧良心的叛徒,我不会出卖大家,我不会违背我们先前的誓约，我万邦不会把埋东西的事告诉任何人。我对天起誓，我对菩萨起誓，我对金参谋高营长起誓！"说着，万邦猛地咬破自己的右手食指，那血就红了嘴角，手指自然也殷红了一截。万邦让血那么滴，在他站着的地方滴成一个圈。

　　月照揭了块合欢树皮，他用那树皮给万邦包扎了手指。月照说："你何必这样？"

　　万邦说："真的，我不会。"

　　"都晓得你哩，谁不晓得你？"月照说。

　　万邦说："那就好！那我就能安心走了。"于是他转过身径直往豁口处走去。

## 第十六章

### 一

入了冬，霜和雪夹带了寒气来过好几回了，眼见得田地山川溪河洼塘全瘦了，人和屯仓缸坛还有街道茶屋酒舍却都肥胖了起来。收了秋的农人，把大把的汗抛在田里，将收获弄回家中，劳累了一年到冬闲是痛快玩乐的时候。而冬日里雨水渐少，溪河里细了水流肆虐着朔风，行舟走排失去了方便，因此商家小贩将该购运的货什在中秋时候就开始采办妥当，到打霜降雪就是大家潇洒的好时候，现在也正是闲暇的当儿。

一年四季里，这段时间一直到来年正月，街子上当属人最多笑声最多。人们将该弄回家的东西都尽己所能弄进家里。天渐寒起来，户外的活动顿减，人们也由夹衫改穿绒衣大袄，将裹草鞋的脚适时统上肥厚的棉鞋。没钱人家脑壳还是缠了长长头巾，男的女的个个不同，手里拎了火笼，陶土的内胆竹篾编织的外罩，从灶眼里弄出些红红火屎置于笼中，拎着走街串户。有钱人家戴上新近时髦的绒帽，一些人还在两只耳朵上套了毛茸茸护耳，看去像一只大耳怪物。然而有钱人家的火笼也不一样，由黄铜打制，古色古香的很具韵味，外面裹的是绒布，很雅致干净。大户人家男女不是拎了是捂了很神气地在人们面前走。

这天绸布店老板总算把金家少爷请到家中来了。绸布店老板方子仁在江口地方也算是一方富豪，因此也是深院高宅。大而华丽的厅堂里，主人坐其左，金家少爷坐其右，一把锡壶居中，三两碟小菜，喝着喝着两人嘴皮就关不住话。

金家少爷说："我这些日子赣州南昌上上下下地跑。"

绸布店老板方子仁说："一定听了不少新鲜好消息。"

金家少爷说："行政院长汪精卫辞职了。"

绸布店老板方子仁说："他辞他的职去！"

金家少爷说："江苏镇江上空，有巨大扫帚星横空而过，其大如月，如矢流射。"

绸布店老板方子仁说："啧啧。"

金家少爷说："新疆有了鼠疫。成都兰州地震。内蒙古遇百年罕见雪暴，畜死人亡。甘肃陇西遭雹灾，重者竟逾百斤。其余各地蹊跷天灾更是难计其数。"

绸布店老板方子仁说："天有异相，国有疴难，外患乱党，民不聊生啊！"后来却住了筷子突然地问，"听说《私盐治罪法》要废止？"

金家少爷点点头，说："有这事！"

绸布店老板方子仁说："难怪你愁，为这事焦心吧？治罪法一废，这两镇三乡万多张嘴吃的盐你就失去了垄断。"

金家少爷说："子仁兄你说这话？"

绸布店老板方子仁笑了，笑得金家少爷心里一阵阵发凉。自回了江口，他最大不适就是孤独。这些乡下人，全然不能和他做更多的交流。绸布店老板方子仁是个例外，他原来觉得这是个少不得的朋友，尤其生活在这么个地方。

但今天绸布店老板却表现出一种根本的格格不入。他本来不想跟他说的，这时候就忍不住将内心忧苦说了出来。他想：我不说不行，我不说心里闷得难受。

## 二

金家少爷说："你相信那回事吗？"

绸布店老板方子仁说："什么？"

金家少爷说："标有说赤匪埋了东西那回事。"

绸布店老板方子仁说："我不信，我从来没信过。标有那话你还信？你看他神神道道的，弄得人不人鬼不鬼，像什么？"

金家少爷说："我告诉你，我信！不但我信，连赣州连省城南昌里甚至南京城里的一些党国要员军政首脑们也信。"

绸布店老板方子仁就呆张了嘴，他说："真的？"

金家少爷说："就是中统方面也手心痒痒要插手了。"

绸布店老板方子仁说："哎呀，就是说真有东西？"

金家少爷咬着牙根，发出咯咯响声。

绸布店老板方子仁说："你看你，你又和人较劲。"

金家少爷说："人活着就是要较个劲。"

绸布店老板方子仁说："就算是废了《私盐治罪法》，盐生意不那么好弄了，你还有许多别的店铺，有许多田产。不是我说你，少爷，人心不足蛇吞象。"

金家少爷说："你还以为我是为了钱？"

绸布店老板方子仁嘿嘿笑了两声说："人为财死，鸟为食亡，天经地义的事。"

金家少爷说:"我金某不是!我只想不让那帮伢看我笑话,我只想不输在那帮伢崽手中,我只不想叫别人抢在我先找到那些东西,让大家看轻了我。"他眯了眼睛放量大口喝酒,样子有些吓人。

也就在那一刻,金家少爷想成熟了他的一个方案。金家少爷想:方老板说得对,人为财死,鸟为食亡。把"藏宝"的事公之于众,定有很多人为此卖命。人一多,连山也能给我翻个个儿。我还担心找不到那些东西?金家少爷这么想着也就立刻这么行动了,他是个敢想敢干的人。

那一天,江口镇大街小巷都出现了那种告示。告示是工整的魏体,出自金家大院管家之手,这些告示在江口镇掀起轩然大波,人人都在说"宝藏"的事。

## 三

那些天,果然有很多人都驮了锄镢之类铁器家伙往山里跑。他们早早地过了镇前那木桥兴致勃勃满怀希望地走远,直到黄昏才从山里陆续回来。

他们并没有什么收获,但人们脸上依然挂着希望,对山里的掘宝之举津津乐道。因此,红军"宝藏"的事被人添油加醋说得更加离奇,就不断地有人加入那开掘的行列,不仅是江口的人,也有亚口的头陂的新泉池布的,甚至邻县百十里外的人听闻了这消息也翻山越岭蜂拥而至。一时间,到处沸沸扬扬尽是关于"宝藏"的话题。武夷山赣南的这一截,每天人头攒动,在荒山野地里下大力气挖掘。那一带方圆数里的山地全被人挖得乱七八糟,像被开膛的猪那么不堪入目。

有三个人在镇子里急切地等待山里的消息。他们是金家少爷、标有，还有承禄。

金家少爷在宽敞大厅里喝婺源毛尖。茶是新茶，丝钩一般的茶叶带了些银绒于沸水里舒展，在景德古窑烧制的青花茶具里上上下下浮游，成一种小小顽皮精灵的模样，立刻就有诱人的一种绿融于水中，飘了一种独有的清香，充溢了若暗若明的空间。

管家瘦长的身影在大门口晃了一下走了进来，管家送来账目让金家少爷过目。金家少爷把账本搁在一边，问起山里的事。

"那事怎么样了？"他说。

管家说："你就急这事，你这阵子就焦心这事！"

金家少爷说："哼哼，我急什么？一切都是命！"

管家说："找宝的人真多！那片山每寸土都几乎被挖个遍。"

金家少爷说："有没有找到什么？"

管家说："有人掘到几座野坟，得到一坛五铢铜钱、一对镯子和几颗金牙。"

金家少爷说："就没再发现其他？"

管家说："少爷别急，你没看那阵势，要真有东西，就是藏了一根针也是能够找出来的。"

金家少爷脸就有了喜色，他抿了一大口茶，他觉得那茶很香很酽。

标有坐在岳父家飘了血腥恶臭的院子里熬着黑黑的药水。炭火在小泥炉里跳燃，药罐里的汤汁被火撩拨鼓着酱黑色的泡泡从盖沿上出来，在陶罐上淌出一条条痕迹。标有心中莫名的焦虑也像那沸腾了的药汁在内心深处翻腾。

王屠户从外边回来，脸上眉开眼笑。他跟女婿说："今天想什么牌就上什么牌,赢得他们几个眼红脸白得像死猪样样。"标有对牌桌上那些输赢消息不感兴趣,他把火炉上的药罐端下来放在那个石磴上,问起山里的事。

"那事怎么样了?"他说。

王屠户说:"你就急这事,这阵子你就急这事!"

标有说:"唉唉!我急什么?一切都是命!"

王屠户说:"找宝的人真多!那片山每寸土几乎被挖个遍。"

标有说:"有没有人找到什么?"

王屠户说:"有人掘到几座野坟,得到一坛五铢铜钱、一对镯子和几颗金牙。"

标有说:"就没再发现其他?"

王屠户说:"哎,你别急,你没看那阵势,要真有东西,就是藏了一根针也是能找出来的。"

标有脸上表情含糊,他开始吃药,那药或许很苦,弄得他皱眉皱脸的,样子十分难看。

河滩上承禄在放风筝。到秋来河道里水流就一直窄细,空出大片的好地方给那些伢崽一个绝好去处。他们疯耍,烧野蜂窠掏田鼠洞在河潭里戽鱼,但承禄更愿放风筝。看见风筝在高空地方自由自在飘飞,承禄自己也就有片刻的解脱。他想:自己要真能如一只风筝,挣脱眼前这一切,自由自在地在一望无际的高天飞,是多么快乐的事情!就在这时,金家婆佬一脚高一脚低地从那边往河滩上走来。

承禄开始收着风筝。他卷动手里的线,那庞大纸鸢无奈于那细细丝线,蔫软着向承禄拢来,先前还对那无垠天空跃跃欲试的风筝,现在很不情愿地被拉回地面。

承禄拎着风筝,问起山里的事。

"婆婆，那事怎么样了？"他说。

金家婆佬说："一说起这事你就急，你看你急成那样？好像他们是抢你东西你急成那样。"

承禄说："我没急！我急什么？又不关我屁事！"

金家婆佬说："找宝的人真多！"

承禄说："有没有人找到什么？"

金家婆佬说："说是有人掘到几座野坟，得到一坛五铢铜钱、一对镯子和几颗金牙。"

承禄说："就没再发现其他？"

金家婆佬说："你看你，你急个什么？你没看那阵势，要真有东西，就是藏了一根针也是能找出来的。"

承禄说："倒是，我管它，他们掘出个大金娃娃我也不管它，我还放我的风筝！"他开始随了婆佬往回走。他嘴上虽那么说，但他心里有种说不出的难过，他想哭。

# 第十七章

一

　　从那片凹地里出来,往东南走百八十里险地,就到了一个叫峭支的地方。万邦离开凹地就没日没夜往那个方向赶,他光着脚板,凉凉的石头硌着他,那些树蒐勒枝茅根竹杈戳他绊他。他走了一天,脚上有了泡;又走了一天,那双脚血糊邋遢像两根血浸的桩子。

　　万邦走到第三天,到正午时分,万邦远远地看见峭支山那座马鞍形最高峰。后来,他看见山顶上一棵树缓缓倒下。

　　万邦想:终于到了。万邦看见的那树是消息树,寨子里的哨兵远远地见有人来就扳倒消息树报警。果然,万邦很快看见崖头那边有了变化。这微妙变化一般人是看不出的,但万邦看得出。那边滚石和圆木已经备好,若有危急就会被人弄开机关,你就是钢人铁马也难免被砸瘫在这崖沟里。

　　万邦咧嘴笑着,他蹲下来,在溪边一边濯洗肿痛的脚一边想象见到千斗的情形。千斗一定还挎着那两支瓦蓝瓦蓝德国造匣子枪,很神气地坐在那张藤编的太师椅上笑着和人搭腔说话。正想着,万邦听到三声间歇的斑鸠叫声。万邦站起来,把食指弯了放在嘴里，也弄出两声雀叫。

有两个挎枪的男人从林子里跳了出来，他们将万邦的眼睛蒙了。万邦颇感愤怒，他跺脚，跺得自己针扎般疼。

万邦说："你们不要牵我，这地方你们蒙了我眼睛我也能摸着走到要去的地方。我不要你们牵！"

千斗真就坐在那张独特的藤编太师椅上擦着他那两支二十响匣子。匣子枪擦了一遍又一遍，在洞子里幽暗不明的光线中放出一种混沌可怕的亮光。他的那位白脸高参就坐在他的旁边，他们刚才好像说着什么，说了好长一段时间，现在他们不时地往洞外看。那边手下人都各人忙各人的，洞里洞外进出忙碌到处嚷嚷一片，一口大锅就架在洞外不远的空坪上。锅底火正旺燃，锅内熬着野猪肉，正熬到好处，那种独特清香沸得洞子四周都是，弄得人人咽口水。

白脸高参说："汪团长，你那枪法真是绝好，方圆几百里内没人敢和你比。"

千斗说："手生了，哪比得当年。现在没得痛快交火让我过瘾，当年在红军队伍里，我一回干掉十二个生龙活虎的汉子。"

白脸高参说："你看你，说好不谈政治，你又扯过去。"

千斗说："我只说说，我说说不行？政治是什么我狗屁不懂，我只要弟兄们有钱有地有吃有穿过好日子，不受人欺负，我管他什么政治不政治！"

白脸高参笑笑，笑得含而不露，足见这人非同寻常。白脸是由千斗省城的朋友举荐的，据说毕业于中正大学。这人常常让洞子里的弟兄觉得非同一般。白脸高参笑笑说："这事容易，只要找到那批东西就什么都有了。"

千斗说："你总扯那些东西，哪儿有这事？我那阵在红军队伍里没听说过这事。"

　　白脸说:"要谁都晓得还算个什么?"

　　千斗说:"就算有那档事,也不过是大海捞针。"

　　那时候,两个手下人正好将万邦带进洞子里来。那块黑布从万邦的脸上摘下的时候,千斗乐了起来,他哈哈大笑。

　　"这不是万邦伢崽吗?"千斗说,"我说清早起来洞子高头一只雀儿总跳叫不休,原来是我干崽要回来了。"

　　万邦说:"他们蒙我眼睛!"

　　千斗说:"都这么些日子过去了,洞里又换了一批弟兄,都不认识你。"

　　万邦说:"我找得你好苦,你看,脚都走烂了。我好不容易找到这地方,他们却蒙我眼睛!"

　　"好了好了!"千斗说,"回来就好,回来就好!你千斗干爷想你,大家都想你。"就吩咐手下去弄艾草什么的煮水给万邦洗脚。"你真是好口福,坪里那只老山猪像是为你熬的,是给你接风的哩,啊哈,回来就好。"

## 二

　　吃了肉喝了酒,万邦摊开手脚呈"大"字在洞子里睡了个踏实,醒来已是第三天的上午。他走出洞子,看见日头硕大暖和地悬在崖顶,那时候已近年关,千斗的那些手下人就像山蚁,出出进进忙碌地做越冬的准备。他有点看不惯这种乱糟糟的场面,他不知道怎么就会看不惯他曾经熟悉的这一切。

　　坐在那张藤编的太师椅上的千斗喜形于色,旁边的白脸也有那么喜形于色的一副表情。

"我说先生你近来运道不一般吧!"白脸说。

千斗说:"是不一般!"

白脸说:"才说到红军那些东西,万邦就回了。"

千斗说:"那关我干崴什么事?"

白脸说:"你家万邦在少谍队,东西是少谍队去埋的,你家万邦不会不知道。"

千斗说:"你又扯那没影的事。"

白脸笑,说:"不如叫万邦来问问。"

万邦正在洞口看大家忙碌,有人喊他进洞子,说千斗要见。万邦走进洞子里,看见很旺的一团松明火在灿灿地燃,火光中千斗和白脸四只眼闪烁了朝万邦上上下下看。

千斗说:"万邦伢,你好好的离了少谍队?"

万邦说:"我答应过人家,跟谁也不扯少谍队的事。"

千斗说:"好,不扯就不扯,有件事我随便问问总行。"

万邦说:"你说,干爷你说!"

千斗说:"听说你们少谍队进山埋了一批东西?"

万邦抬起头,认真地看了千斗,脱口说:"我不是为那些东西才离开大家的!"

千斗说:"哎呀!崴呀,真有那桩事吗?"

万邦说:"我真的不是为了那些东西才走的。"

千斗觉得万邦的样子很好笑,他想:这伢以前不是这样子。但是千斗证实了那桩事后心里很高兴,他还想说什么,白脸止住了他。白脸似乎比谁都牵挂那些埋着的东西,这事让千斗觉出有点奇怪,但他没在意。他想:谁个不喜欢钱呢?人为财死,鸟为食亡。

天一亮,白脸就来找千斗。

"我想好了,"白脸说,"那些东西跑不了,我们想法说服万邦。"

千斗说:"看你,万邦是我干崽,那事有什么难!看你一本正经的样样!"千斗一边说着一边擦着那两支宝贝匣子。今天,寨子里有一次行动,所以千斗一早就擦枪。

白脸说:"还去吗?找到那些东西什么都有了。"

千斗说:"我决定了的事就得干,我没随便改主意的习惯。"

白脸还想说什么,被千斗挥挥手止住。

千斗说:"叫弟兄们吃饱些,吃饱了我们上路。"

那时候万邦也已起来。这些日子,万邦得到充分休息,人比来时要滋润许多。万邦起来后在洞子边周游,看许多东西都有新鲜感觉。那时他恰好看见几个汉子坐在石礅上扎绑脚,看见他们将草鞋换了新的将那些刀哇枪的磨快擦亮。

他想:他们有事,他们要出山。

果然,日头泛黄的时候,他看见千斗穿了一件蓝士林布长衫戴一副圆圆的墨镜弄出一点富绅的样样。每回出山"弄事"千斗总是这么一身装束,所以万邦一眼就瞧出有事。

万邦走过去,万邦说:"出去逛世界也不叫上我吗?"

白脸说:"你才来,你先在家将身体养好。"

万邦说:"笑话,弟兄们出山卖命,我万邦在家睡大日头觉?手上划一刀我万邦的血也不比别人的淡,我在家吃现成?"

千斗哈哈地笑,大着喉咙说:"看,看,这就是我带出的好佬伢崽!"千斗将一杆汉阳造扔给万邦,说,"崽呀,走!"

日头暖洋洋地照着开春的山岭。千斗带了手下人就埋伏在两山之间的一条窄路上。他们在那儿耐心地等,他们就等着那耀眼的花轿出现在路的那一头,等着嚣响的锣鼓和唢呐声。可是眼见得日头当顶,还不见半个人影儿出现。

"怎么还不见新人花轿?"千斗忍不住了,"我要把黄陂老财秦老倌家宝贝孙子弄了来做肉票,看他还神气?"

白脸说:"哪儿不好弄钱,你何必在秦老倌一棵树上吊死?"

千斗说:"他夺了人家钨矿,还杀红军妻小,无恶不作!"

白脸说:"老大你要三思,他家儿子是省城里军界要人,他不是好弄的。"

千斗弄过根槲木枝枝,他歪了嘴咬牙切齿地掰,掰成寸长的一截。他掰木枝时眼放一种怪异的亮光,指尖下着狠劲。

白脸看见千斗那种瘆人的目光,想说什么却收住了嘴。

千斗把手里的碎木屑屑抛下崖底。他说:"有人走漏了风声,这等黄道吉日秦老倌不会不挑了嫁女,他嫁女不会不走这条路。"

## 三

万邦看见千斗动手杀人是在离开了那凹两个时辰之后。那时候千斗带着手下人往北面走,走走就看见了那帮人。那帮掏矿的汉子正在吃饭,掏钨砂的汉子猎得一只虎,他们将虎皮剥了将虎肉炖了,弄来一些水酒正准备开怀痛饮,这当儿千斗他们闯进掏砂人的领地。

千斗走向那棵枞树,树干上钉着那血淋淋的虎皮。千斗用手摸摸那顺滑的皮毛,说:"好皮子好皮子!只是你们枪法蹩脚,你看腰背地方好皮毛叫你们弄出些洞洞,啧啧!"

那几个汉子不理会,他们自顾自喝酒。他们显然是外地人,他们不认识也没听说过千斗。

千斗说："原来是帮哑巴。"他端起那只坛子胡喝了一通，灌了大半坛子，惊得几个汉子眼睛睁得老大。千斗撩开了蓝士林长衫，那两支响器家伙露了出来。汉子们惊得站了起来。

汉子们说："大哥，你要觉得那皮子好，你拿去！"

千斗咧着嘴眯着眼笑。他说："你们总算开了口。可是很可惜，你们说什么我听不见，我只知道你们长舌头只会胡吃不会说话。你们留了那舌头没个用，不如割了！"

万邦看着千斗和手下人将那锅虎肉狼吞虎咽吃了个干净。然后，他们将虎皮虎骨搜罗一空，把那几个汉子绑在枞树上，一把火将那几间棚寮烧了。

万邦说："他们会死的。"

千斗说："要死死去。"

万邦说："又不碍我们事，你杀他们？"

千斗回头看了万邦半天，他好像不认识似的看了万邦半天。千斗似乎想说什么，但没有说。

## 四

千斗那些话过了一个春季才说出来。那些日子万邦觉得很别扭，总是和寨子里的生活不能融洽。怪！他想，怪哩，先前在少谋队伙伴中觉得别扭，指望回这里能如鱼得水，怎么就越发地不能顺畅？

那些日子寨子里很平静，男人们每天在洞子周边铲草，将洞里物什搬来搬去搁到场坪里晒，在崖脚阴凉地方玩骨牌玩西瓜棋玩抓阄的游戏。整个世界平和安详，偏天气又格外好，风和日丽，芳草鲜美。但万邦总感到在这安详平静中正积蕴了什么，一种无形东西在寨子里日益膨胀，逼得人喘不过气来。

终于，那天千斗叫人把万邦唤到身边。

"干崽呀。"千斗坐在那藤编的太师椅上笑容可掬地说。那太师椅上新近铺了那张虎皮，全然是另一种豪华气派。千斗说："你来峭支许多日子，咱父子俩也没说上话。这么多日子不见，咱该说说话。"

万邦说："你总跟白脸说话，你还顾得上人家？干爷你忙嘞。"

千斗笑笑，说："万邦伢，你是生干爷的气哩。"

万邦说："要杀你就利落了杀，干吗绑了人家在大日头底下痛苦不堪地死去？"

千斗说："有钱人都不是好东西，有钱人都该去死！"

万邦说："他们都是苦力人，他们挖矿。"

千斗说："话是那么说，可他们找到了好矿，他们不出几日就能成富豪。人一阔脸就变，我千斗见得多了。"

万邦不知该说些什么，他没想到千斗会那么说，千斗那么一说他就哑了口，洞子里出现很长时间的沉默。千斗坐在那儿搬弄他的匣子枪，他玩得烂熟，将枪拆了装装了拆，不厌其烦。后来，千斗说："干崽呀，千斗有事请你帮忙。"

万邦说："能帮干爷我拼了死命也要帮！"

千斗把枪插进木匣子里，他那满是皱纹的脸舒展许多。千斗说："我要抗日救国，要拉队伍，要枪要炮要粮饷。"

万邦说："这不是简单的事，什么都需要钱。"

千斗开始抽大烟。他半躺了，一杆烟枪横了有板有眼吸了两口，当时眼睛就半眯了。他说："我就是为这事找你。"

万邦眼就立马瞪圆。

千斗说："我知道那天埋东西你也去了，你们少谍队都去了，只有你们知道那些东西埋在哪儿，对不？白脸说有那东西，我们就一直在找，找找你就回来了，真是老天助我。"

"我终于明白了，原来是这样。"万邦恍然大悟。

千斗说："你明白就好！我需要钱，我需要那些东西。"

万邦觉得心底透过一股凉气，"不！"万邦很响地说。

千斗呛了一下。一口烟游到喉管半路地方，他没料到万邦会一口拒绝，那口烟就堵在喉咙里。

万邦说："干爷你为难万邦了。你要人家看不起我？我起过誓的。"

千斗说："那些东西沤在土里，不多时候就霉了烂了。"

万邦说："它烂它的去！没我万邦的事！"

千斗说："听说江口那边有人去山里掘宝，山山岭岭都刨翻了个遍。"

万邦说："它刨它的去！没我万邦的事！"

千斗说："瞧你说的，好好的宝贝东西就让霉了烂了？就让它眼睁睁进了人家荷包？"

万邦说："那东西是队伍上的，我不能动！"

千斗又点燃了一泡烟，他抽足了一口，说："队伍？哪里还有什么队伍？红军早叫人家灭了。再说我好歹也是做过红军营长的人吧，我的队伍就不能算做队伍了？"

万邦说不出话来。其实那时候他有许多话想说，但他说不出，只用一双大大的眼睛直直地盯了千斗看。他想：干爷你不要逼我，就是跳崖我也不会把秘密说出来。

千斗并没有逼他。千斗说:"呀,我不逼你。你自己将事情仔细想个彻底,想好了你跟我说一声。"千斗不再吱声,他大口过他的烟瘾,身子软瘫,双眼眯了。

他好像睡着了。

## 五

千斗没有逼万邦,千斗待万邦很好,千斗派了两个手下人服侍万邦。两个手下人一个瘦长一个矮胖,任见了其中哪个都让人忍不住想笑。两个人走到一起时,就叫人更是忍俊不禁。但万邦笑不出来,万邦说:"我又不是少爷,叫人伺候?"瘦个子阿管说:"老大叫我们陪了你玩。"矮胖的那个叫长都,长都说:"我会走棋,老大说你这呀走得一手好棋,叫我来赢你。"

万邦说:"是吗?"长都说:"是嘞!"万邦想:你能赢我,你那么一副模样你能赢我?于是万邦说:"你若输了,你们立马走。"长都说:"若赢了呢?"万邦说:"赢了你们就留下吧!"

万邦和长都在一块平坦的大石头上用黑炭画了一张西瓜棋棋盘,在溪子里拈了十六颗小小卵石摆在那棋盘上就开始殊死拼杀。那种棋是赣南乡间农人走的一种,棋路看似简单,但走起来却颇费思考。

两个人拼了一盘,万邦告负。又来一盘,还是万邦输了。万邦不信,结果又连下了八把,万邦竟没能赢上一把。

# 第十八章

## 一

　　月照的头发长而蓬乱。当然并不止月照一个人是这么一副模样,那些日子,少谍队众多伢都那么一副样子。甚至都没能有把像样的剪刀,以往南秀用一把镰刀一撮一撮给大家割头发。割一下,忍不住就让人叫一声,完后那颗脑壳就狗啃的芋头样惨不忍睹。万邦走后,凹里就像少去许多东西。日子腐蚀着一切,身上本来就褴褛的衣衫就更加千疮百孔。到后来,除南秀外,大家像排客似的用一条长巾在腰间一裹就将就了打发日子。那些日子,伢崽们不约而同地马虎了起来。想想,其实月照他们也根本没有更多的时间来料理边幅。天冷的时候,他们就躲进崖脚下那些洞子。洞子很深,洞子一深那里面就暖和如春。可是那里面有冬眠的蛇,有蝙蝠蜥蜴和各种奇怪可怕的动物。少谍队的伢们已全顾不得那许多,他们整个冬天都蜷在洞子里,难得见到阳光。秋天的时候,他们将"粮草"搬进洞子,准备了一个季节的干柴。所谓"粮草"只是那些没被大水冲去的番薯和芋头,他们就在洞子深处点燃柴堆,在火堆边煨烤薯芋,就成天用那种热乎软绵东西充饥,在火堆旁就了那跳跳的火舌取暖。习惯了烟火的熏燎,脸黑发长，形同恶鬼。偶有晴暖的日子，他们来到洞口处，阳光旺烈，久久不能睁眼。

万邦走后，月照就试着按别一种方式来治理这个"村庄"。他在凹坡上用石头垒了个石屋子，也像万邦那样弄来些枯干冬茅秆秆，将火点燃，弄出青烟袅袅，有模有样地插在那堆石头前。

又硬说："他弄的是祠堂！"

超清说："你怎么想起弄那个？"

月照不说话，他领了大家在香火前磕头，嘴里叨叨些众人听来蹊跷的东西。月照想：过去族老们都那么弄，他们将老大一个村盘治理得有板有眼，几百人成千人都叫一根无形的东西拴个牢牢。月照期望有一座祠堂样的东西，他和他的小伙伴凭了这东西能在艰难中支撑下来。

公元一九三七年的初夏，在万邦走后的八个月里，月照带着少谍队那帮伢艰难地走过那些日子。他没有期望更多也不敢期望更多，唯一目的就是让大家都能好好活下去，活下去就是胜利，活下去就能有云开日出的时候。

八个月里，少谍队那帮伢话特别少，做活却都卖力异常。他们砍了竹木将棚寮重又修葺一新，他们将凹口的那些大石头全尽搬去，在凹坡上头筑了个坝。在映山红花开的时候，在那些田地里重又种上了作物。

说实在的，月照在心里很感激万邦。虽说万邦带着大家辛苦一年到底叫山水冲个干净，但毕竟还是留下了经验，月照正是凭了这些经验才将眼下一切多少弄出了个眉目。

现在夏天又要到了，田里那些稻谷终于长出了一点模样。眼下开始扬花吐穗，月照又来到田边。他一直没断了那种独处的习惯，一个人站在那地方想心事。

凹溪里有蛙鸣有狗鱼细伢啼哭般的叫有百虫的低吟。就在这一片噪响中，月照听到了几声轻轻的话语声。月照快步赶回棚寮，那时候北斗刚刚显现。

棚寮里，几根松明火在灿灿地燃，映出又硬允中几个伢脑壳放大在烂泥糊就的壁上一下一下地跳。月照进门时他们好像正说着什么，待月照出现在门口，大家就噤了声。

"你们说，你们接了说。"月照说。

允中说："我们说天气热起来了。"允中用一把自制篾扇扇风，"天气真热！"

月照说："也该热了。"

他那时真的感觉有些热，凹里没有一丝风。他奇怪刚才怎么没感觉到热，现在冷不丁真的感到热气逼人。

松明火在微风中轻轻地晃跳，那些怪影也在墙上动荡不安。他看见有根吹那跳燃的松明，有根噗噗吹了一下又一下，连吹了三口才将那团火焰吹熄。月照看见几个伢侧身倒了下来，那些竹制的床立刻就有了一片呻吟，紧接着就静了下来。月照坐在黑暗里，他没有睡，他支着耳朵在聆听着什么。他听到山野噪响中有一些别的什么杂响，他听出那是有根他们做作的呼吸。

月照想了想，他皱着眉头在黑暗中想了想，很快做出个决定。他说："这鬼天气，说热就热起来了。我睡不着，我出去走走。"

他真的就往门外的黑暗中走去。

## 二

当然月照没有去凹口风凉的地方乘凉,他跨大了他的脚步,往凹口那边走了好长一截后小心地折回,躲在离棚寮不远的地方。开始,他只看见棚寮里那堆留做火种的炭堆里闪星星暗红的亮光。后来,月照终于看到了动静。

他们真的没睡,他们唧唧喳喳正说着什么。他看见那几个人重又坐了起来,几颗脑壳又凑到了一起。

一定有个什么事。月照想。

天刚亮的时候,月照在园子里碰见超清。

超清说:"又不是你值日,你起这么早?"

月照说:"我睡得酣实,再睡也多余。"

超清说:"你那话鬼才信,你那眼睛放红,有很多血丝。"

月照说:"那有什么!"

超清说:"看你,说起来像没事一样。"

月照笑了一下,说:"我能有什么事?再说有事眼就红吗?"

超清说:"有心事就睡不安稳。"

月照说:"那你眼也红哩,真的你两眼红得厉害。你不说我还没留意,你眼睛真红得厉害。你有什么心事?"

超清说:"没有!"

月照说:"你不该瞒我!"

超清说:"没有!"他说这话时不看月照,看远处的山。

后来,月照在崖坡上见到有根。

有根说:"昨天我看见只麂子,我看它今天会不会走昨天的老路。"

月照说："麂子不会来的，它蠢呀！"

有根说："我想也是哩。"他说着，开始往回走。月照跟在他后面，日头很大，月照的影子墨似的在草尖上跳。

有根说："你跟着我？"

月照说："超清说，人有心事就眼睛红。"

有根说："那城里伢懂个屁！"

月照说："你眼睛红红的。"

有根猛地扭过头，他嗓门大："没有！我没什么心事！你走开，你不要影子似的跟着我！"

月照想：你干吗那么大的火？没有就没有，有也没个天大的事。他想起今天该去锄那块芝麻地。

他扛起锄头来到那块芝麻地里。芝麻长得出奇茂盛，那些杂草也蹿长得疯狂。月照锄了几下觉得浑身酥软，他立刻在田头那团树荫下蹲了下来。很快，月照听到嚓嚓声，他看见允中卖劲地从那头锄了过来。允中一直锄到月照的脚边，允中鼻梁上的一颗汗都看得十分清楚。

允中说："我看你脸色不对劲，你不舒服？"

月照说："我只是脑壳懵懵，我想事想不穿就脑壳懵懵。"

允中说："有什么了不起的事要你那么费脑子？"

月照说："你问我，我还想问你们呢！"

允中咧嘴笑笑："你自己脑壳想不清爽你问别人？别人又不是你肚里的蛔虫。你也是，我看你近来心事越发地重。"

月照说："不是我心事重，是你们，你们有事不跟我说。"

允中停下手里的活，他用锄柄撑着身体，然后嘟起下巴看远处那朵云。"那云走得蹊跷，看去像只鸡公。"他说。

月照说:"算了,你不要跟我绕,你跟我直说了吧,你们有什么事瞒着我?"

允中不理会月照,他重又开始锄地。他说:"你说些什么?瞧你,难怪你脑壳懵懵,一天到晚地瞎想,你脑壳不懵才怪!"

月照觉得胸口堵得慌。他觉得肚腹间有什么东西正缓缓往上升腾压迫得鼻子酸胀难当。他看着允中,允中却不看他。

月照看着允中锄着地慢慢走远。他想:纸包不住火,我一定要弄清楚!就这样月照找到又硬。

## 三

月照说:"我现在就指望你了。"一句话说得又硬云里雾里。

又硬说:"你是个撒脱的人,说话不要绕圈圈。"

月照说:"我也正想对你这么说。你我交往也不一般,你能跟我说实话。"

又硬用怪异的眼神看了月照一眼。他很聪明,立刻反应出月照说的是怎么一回事。

月照说:"昨夜里我没去凹口,我寻思你们没睡,你们装,我不用看我就知道你们装,我就躲在棚寮那边的矮树林子里。我看见你们几个又爬了起来。"

又硬说:"你偷听?"

月照说:"我不想偷听,我看你们鬼头鬼脑那种样子,就忍不住想弄个透彻。"

又硬说:"这不像你。"

月照说:"我知道你能跟我说实话,我知道的。"

又硬苦着脸，又硬眉毛鼻嘴全不是刚才的那种模样，他苦着脸，说："月照，你不要逼我。"

月照叹了一口气，他再一次感到鼻子周边的地方有一种酸酸感觉。月照说："我鼻子酸起来。"

又硬说："怕是昨夜里蹲在阴湿地方受了风寒。你去弄些紫苏根煮水吃。"

月照说："我想一个人自己待待。"

又硬说："也好，你看我正忙，我没时间陪你。"又硬走了几步却倒了回来，"你别怪我，我们几个发过誓，我不能跟你说的。"

月照默无声响地站起，他感到天气异常闷热。

天黑之前，不见了月照的影，大家放弃了所有手里的活在找月照。

又硬说："他打听那桩事，我没对他说。"

有根说："我也没对他说。"

允中说："我也一样。"

超清说："你们有什么事不对月照说？"

允中说："其实也没个什么，我们瞎说瞎想来着。"

后来，他们就找到那个洞子前。洞口窄小，其实里面无比宽展，整个冬天伢崽们就在这里面过冬。洞子里冬暖夏凉，但是在春夏之交的季节，洞子里异常潮湿。

又硬说："月照一受凉关节就痛，他不会来这地方。"

超清朝洞里喊："月照！月照！"

洞子里有一种沉闷的回响。

超清钻进洞子，不一会他又钻了出来。"里面黑黑的什么也看不见！"

允中说:"他不会来这地方,好好的他一个人来这地方?"

有人叹了口气。几个伢都歪垂了脑壳,脸灰得难看。他们很失望也很难过。他们往回走的时候听到洞子口有响动,回头时,他们却看见月照。

月照的脸很黑,他的背脊上有苔痕,他的头发蓬乱,两眼红得像烂桃。不知是因为月照的突然出现还是他的那副模样让大家很吃惊,后来就呆木了在那儿好长一段时间。

又硬说:"原来你在这儿!"

月照说:"我说过我想一个人待待。"

又硬说:"你一个人躲在洞子里哭?"

月照说:"我没有!洞子里不透风,有硫黄味熏人眼睛。"

有根说:"月照,你哭过就哭过,你怎么这么不撒脱?"

月照这才说:"我是哭过,我伤心。"

有根说:"这不像你月照说的话。"

"你们背我瞒我。"月照说,"我拢不住你们的心,我无能,我像万邦一样,我现在知道万邦当时为什么那么伤心。"

有根说:"你先吃饭,你一天没吃东西。"

月照说:"我累,万邦也一样,我们下大力气,吃苦受累,我们不求别的!"

有根说:"你看你,一张脸饿得黄黄,你吃点东西。"

月照说:"我们不求别的,只求能拢住人心,拢住心才能好好活下去!"

月照说着说着,突然就听得一声呜咽。他抬头,看见有根在哭,又硬在哭,允中也在哭。他想:今天出鬼了,凹里的这许多日子已经没有哭声,连南秀的眼泪也不那么轻易掉下来。但今天却不一般,一整天自己忍不住就想号哭,才走进那洞子哭了个畅快，现在他们又哭起来。

他一时不知如何是好，他手足无措。后来，他看见有根他们抹着泪，他们互相那么看着，好像用眼睛商量一件事情。他看见有根站起来。

有根说："我告诉你吧，我全告诉你。"有根就把他们这些日子想的和说的都说了出来。原来，他们说的是那笔宝藏，他们想取那些东西。

有根说："金家少爷那一手毒，他诱骗大家去那地方胡乱挖，他们乱挖就难免坏事。白白让他们挖了去，不如我们取了来。我们这么苦，我们没衣穿，我们没盐巴没药，我们缺的东西多嘞！"

月照说："那你们不早跟我说？"

那话叫有根他们吓了一跳，允中说："你也这么想吗？"

"可是，"超清说，"我们和万邦一起起过誓的。"

又硬说："万邦在也不会怪罪的，你们信不信？"

他们说着万邦，却不知道万邦正朝他们这地方走来。

月照还在叨叨："你们不早说，你们不早跟我说！"

他觉得今天还不坏。他觉得有时候人哭哭并不是坏事，大哭一场原来能清爽许多。

## 第十九章

一

日头旺烈,屠案四周全浸淫了灿灿的血腥。几只绿头苍蝇栖在屠案上颤动了翅膀,标有婆娘觉得自己肥厚的巴掌也像是一对翅膀。后来,她的手指就那么颤抖了起来。

标有婆娘惊喊说:"爷,我手抖,我手抖得厉害。"

王屠户看着女儿隆起的肚子,他咧嘴绽了个笑。王屠户说:"女呀,你是要生了。"他回过头,把徒弟崽叫了来,"毛伢,你去,你快去把你家标有喊来。要死噢,婆娘要生崽,这鬼东西不知颠到什么地方去了。"

标有那时候正在东街一家茶铺里喝茶。这红军叛徒已没了往日那跋扈神情,十足的一种病恹恹的样子。他刚在赌桌上输了几把,脸就更显蔫蔫的。就在这时,王屠户的徒弟从街巷那头风风火火跑过来。

"团总!团总!"徒弟崽喊。

标有说:"你疯喊个什么?屋里起火了吗?"

徒弟崽说:"屋里没起火,你家婆娘要生崽了!"

标有眼睛一亮:"我家婆娘要生了?哈,我家婆娘要生了!"

茶铺老板说:"标有你走运了,你要有崽了。我看过你婆娘的走姿,那么端了肚子走,那是男崽呢!"

标有脸上有了颜色,他眉开眼笑。

"我要有崽了,我有后人了。"他逢人就说。

他踏着那青石街路兴冲冲地冲到丈人家。沿街的屠案都已收拾干净,那些苍蝇还栖在老地方颤动着翅膀。西厢房门紧闭了,从门缝里传来大肚妇尖利的锐叫。他没有多想就擂那门,门开了闪出产婆那张脸。

标有说:"让我进去,我要看我崽。"

产婆凶凶地说:"这是男人进来的地方吗?你要看崽,你急你崽不急,他还在娘肚子里不肯落地。"

标有就在厅屋里等。标有烧了三炷香,跪下来朝四向拜了拜,一颗心兔子似的在肚里跳。

一炷香后,产婆杵出个脑壳说:"快了,见羊水了。"

标有在眼睛里笑。

两炷香后,产婆杵出个脑壳说:"快了,那伢伸出个脚,他不安分,他倒着来。"

标有在脸上笑。

三炷香后,产婆又杵出那脑壳:"两条腿都现了,那小命根子也现了,是个崽哩!"

标有在肚子里笑。

标有在香火缭绕中等,后来厢房里竟静下来,他奇怪那一片器响怎么突然就消失殆尽。他擂着门,没人再来拦他,他推门进去,他看到产婆和几个妇人都耷垂了脑壳。

他说:"我崽呢?我崽呢?"没有人理他。后来,他就看到那血糊邋遢一个毛伢,他看到婆娘奄奄一息地横在那儿。

一

承禄那些日子老做梦,梦见有很多的锄头在他身上刨。其实那是心跳,许多天来承禄莫名地有慌慌心跳,到梦里那心跳就成了锄头在他身上没头没脸地刨。他梦见掘宝的那些人,在挖他的肉,挖得他上下稀烂血糊一身,常就在梦里哭叫了惊醒。

其实那段日子很平静,掘宝的人清早从四乡八邻进山,脸上红光灿灿,日落时回来却都蔫蔫的没颜色,可见是一无所获。金家少爷对山里的事似乎已不那么热衷,他上上下下不断地去赣州,他重又换上了军服,表情更是难以捉摸。在梅江里顺水逆水的舟排上,常常就见师长金其基威严的身影。他喜欢交合了双臂站在排首,任风撩了他的黑发和戎装。

后来,江口就流传了些国家的消息,说是在西北的什么地方,委员长的一个结拜兄弟张少帅联合了一个姓杨的将军,突袭了委员长在华清池的临时行辕逼其抗日;说杭州灵隐寺罗汉堂莫名就发了大火,五百尊罗汉叫大火烧个干净;说在北平北面的一个叫卢沟桥的地方,东洋兵无端开枪开炮寻衅,中国官兵忍无可忍予以还击,与日本人的战事已经开始;又说国军抗敌不力,节节败退,半壁江山已入东洋鬼子掌握,国民政府决定迁都重庆;又说国共两党红的白的现在已不同从前……传说的事情很多,但乡民难辨真伪。管它。他们想,我们过我们的日子,管它。

但承禄却牵挂了这事。他觉得天上的云走得奇乱,他觉得日头白亮得异常,他觉得好多事都显出蹊跷。事情一蹊跷承禄就断不了去想它,他觉得那些事桩桩件件都似乎与自己有关。所以,他总是关注师长金其基的行踪；所以，他总在意那些点滴传闻。

清早，河里水清洌白澈，一只新排泊在岸畔。石板路像一条淡淡的墨线，一头连着街镇，一头却连着那排。远远的墨线上走着一个人，走得很沉稳，不慌不忙的一种模样，掌了钉的皮鞋敲打着石板，弄出一种动听的音响。

一方沿河的吊脚楼上，木雕花窗敞着，承禄望着窗外，金家婆佬也坐在不远的地方，她在翻一卷古书。

"他又去赣州吗？"承禄说。

婆佬说："你管他！"

承禄说："他站在排首，头发油光，像个新郎。"

婆佬说："他现在是个谈判官了，自然要清爽。"

承禄听婆佬这么说，蓦地回过头来。

承禄说："你说他是谈判官？"

婆佬说："这些天我也觉出怪异。我问他，他说世事在变，他说要跟山里的那些游击队谈判，红的白的要重归于好。他说要打东洋鬼，红的白的要合作。"

承禄说："我不信会有这种事，日头能从西面出来？"

婆佬说："看你，日头不能从西面出来，但天下的怪事奇事蹊跷事总断不了会有。标有家那井不是无端地起了泡泡？门楼上大白天的有枯脑壳？还有那些响屁虫虫怎么就偏蜂拥了在他家院子里现形？这几天你听说了那事吗？"

承禄说："那院里又有什么事了？"自从那次看见标有那怪异而仇视的目光，承禄就再没弄过那些恶作剧勾当。

婆佬说："听说他家墙头上又长臭榛了。"

承禄说："长臭榛了吗？那墙头上好好的能长臭榛吗？"

婆佬说："你看你，你成天在家不出去，现在江口是邪了，总有些莫名其妙的事情。"

承禄说："街上不见人影，那些耍伴都去了山里挖宝。"

婆佬说："挖个脑壳，哪有劳什子鬼宝！什么人无聊了没事胡编了什么宝不宝的诓人开心。"婆佬说着站起，她捏了她那把羽扇，说："伢，跟婆婆去街子上逛逛。"

街子上很静，果真没有什么人。一老一少两个人穿街而行，他们说着话。婆佬说："怪怪的，臭榛好好地长到墙头上去，米铺黄老板那屋宅深墙高，好好的那地方怎么生出那晦气东西？"

承禄在肚里笑，承禄知道那地方为什么会长那种东西。那是我春里趁没人时候一点一点往那上头丢臭榛子籽的结果。那时我没想到它们会长出来，我只想让这鬼叛徒家多点晦气。

承禄说："人还是莫做缺德事情。"

婆佬说："他家婆娘要生了，我看她大肚翘翘的像是个崽。"

承禄说："他生个崽没屁眼。"

他们说着说着就走到了西街。他们远远地看见王屠户那张霸道的屠案，砍开的那只猪脑壳孤零零悬在高处，看去像一把奇怪的扇子。他们听到一阵怪异器响从什么地方穿墙而出，在空荡荡的街巷里来回窜走。他们没注意那种声音，他们在琢磨悬挂的那个东西。他们看不清那些苍蝇，那些苍蝇此时亢奋异常，它们聚集在那把"扇子"的周边，像涂抹的一些漆黑的颜色。后来，他们就看见那些黑黑的东西倏忽遁失，原来门被轰然掀开，一些混杂的号哭破门而出，随之而出的还有一个男人。那男人蓬头垢面，怀里抱着一团用碎花被面包裹了的东西，歪歪倒倒那么走。

"呀！"金家婆佬说，"那不是标有吗？"

标有走过来。现在承禄终于看清了，标有抱着的是个毛伢。他看到那血糊糊的一个小小脑壳。

金家婆佬说:"标有,你婆娘生了吗?"

标有嘿嘿干笑。他不看承禄他们,他好像根本就没看到承禄他们。他目光茫然,咧着嘴涎了脸,不断地在叨叨。承禄开始时听不出标有说着什么,后来他听出些零碎。

承禄说:"他说他有崽了,他说他有后了。"

婆佬说:"哦哦!"

承禄说:"他说崽哎崽哎我们去领赏钱,他说他晓得红军藏宝的洞洞,他说他有赏钱领,他说他有高官做。"

婆佬说:"哦哦!他疯了!"

承禄说:"他说屋檐上有好多枯脑壳在滚,有穿绿衣的人面兽身的东西在朝他眨眼。"

婆佬说:"呀呀!他疯了!"

承禄说:"他真疯了吗?他怎么就疯了?"边说边盯看那疯汉,心里莫名地起了惊诧。他看见那男人哭哭笑笑继续往街子那边走,那只鞋已走掉,就跋了另一只鞋歪歪倒倒地那么走,嘴里仍不断叨叨。

后来,街上来了很多人。承禄不知道那些人是从哪儿突然冒出来的。标有疯癫的消息不胫而走,一下子就传遍了整个镇子。那些紧闭的门因此开启,人们因好奇和惊讶走到街上走到毒日头底下,他们影影绰绰地围了在街沿两侧,有男的女的老的少的。他们说:"啧啧,造孽!"他们说:"报应呀报应。"他们说了很多,承禄没听全。后来,承禄发现那些人用异样的眼神看他。他明白那些人为什么拿眼睛那么看他,他想喊:不!我跟标有不一样!但他喊不出。承禄想哭,但他哭不出。他觉得委屈至极,他觉得最难受的是那委屈没法向人说。

## 三

师长金其基不知道江口发生的事,他在标有疯癫了的第五天往江口方向赶。排走逆水,缓行缓进。师长金其基和副官站在遮阳的竹篷之下,长久地看排客拉纤。这些日子,师长金其基去了赣州,代表官方连同大余县县长、八县的代表、赣州保安司令等与共产党代表陈毅谈判,将陆续谈妥的条件写入文字形成九条协议。对这结果,师长金其基说不上高兴还是失望,那一刻他心里很复杂,以致脑壳数日来懵懵的。后来他就索性不去想它,心里只搁一句话:军人以服从为天职。

现在,师长金其基和副官站在漂行的排上看风景。后来,师长金其基和副官都觉得想说些什么,他们开始聊天。

副官说:"打了这么多年,死伤无数弟兄,说合作就又合作了?就又面对面坐到桌子上了?就又和平共处了?"

师长金其基说:"日本人帮了共党的忙,抗日是民心所向。"

副官说:"在那荒僻恶劣地方没将人家灭了,让人家又在陕北轰轰烈烈起来,打下去也不是个事。"

师长金其基叹了一口气,说:"是呀,弄不懂共党哪儿来的如来法术,能让众人铁心不怕死。远的不说,就说少谍队那几个伢,软硬不吃。"

副官说:"你看陈毅那相,那真是将相之才。三年前被我等围捕,兵折将损,弹尽粮绝,脚上还挨一颗炮子。这么些年山外有重兵围剿,山里有猛兽恶瘴,没吃没穿,孤立无援,他就那么百十个人马,几支破枪居然能支撑了活下来。你看他那风度那谈吐，有理有节，不卑不亢，不是平常人所能比的。"

师长金其基没有说话，他沉默着，低头看排下的水。水清见底，水流中有一些透明的小鱼在梭行。

师长金其基说："你说他们能找到那帮伢?"

副官说："谁知道？他们总归有办法。"

师长金其基说："那就好。"

副官不解地看看他的长官，他说："你莫不是还惦着那些埋着的东西?"

师长金其基摇摇头。

副官说："那你说好?"

师长金其基想：如果真是这样，那就是我最后一次机会，我该好好利用这次机会。

他们不再说话。竹排在逆水中轻轻滑行。

# 第二十章

一

打那回从街子上归来，承禄却病了。他到底看到了叛徒的下场，但却莫名地病了。夜里不断有噩梦，黑漆漆的什么地方，飘忽个形影，人鬼难辨。那形影化做一张脸，是标有的那张走了形的疯汉脸。承禄想狠狠说："你是猪狗不如的叛徒，你活该。"可说不出，嘴被什么封个牢实。标有说："你说我是叛徒，你呢？你不也一样？屙泡尿你照照，江口街上那么多张嘴谁人不说你？你以为你是好东西？"说着，就吐一口黑气弄了承禄一脸。承禄遽然惊醒。

早上，承禄挣扎了要起来。

金家婆佬说："一张脸像沾灰的布袋袋，你病得不轻。你不在床上好生歇了，大清早你起来做什么？"

承禄说："我想到外面走走。"

婆佬说："你要能下床走走也好，可你那样能行吗？"

承禄下床走走的念头那么固执，他真的就软了腿脚走出那深宅。往远处望，一颗日头跃上屋脊光亮光亮，弄得到处张狂地鲜红。承禄突然觉得这样很好，他就那么歪靠在院门边看那边的景致，模糊见一条长长影子从红亮的那边扯过来。狗在身边咆哮起来，他喝住狗。

走来的是个男人。

"承禄？"

承禄揉了揉眼，承禄说："我看不清你，日头耀眼睛。"

承禄凑近，一个男人站在光亮里，头发蓬乱，衣衫褴褛，目光却非同一般。那人个子矮矮，手里捏一根打狗棍。

"一个叫花子。"承禄说，"大清早的，你来讨吃的？"

那人笑起来，说："你看你，做了少爷就不认人了。告诉你吧，我是大用！"

承禄吓一跳，他记得那个大用，警卫团的一个营长。那时候承禄跟师长做勤务兵，个头矮矮的大用常跟师长走棋，他当然认得那个大用。

承禄说："真是你吗？钟营长，我眼不好使，你又那样，弄成这么一种样子，谁认得出？"

大用说："找到你就好，找到就好。"

承禄说："做梦也没想到的事，做梦也想不到。"

承禄突然很激动，他的手有些抖，他一激动手就有些颤抖。他想原来是这样，难怪大清早出外走走的念头那么固执，手软脚软一身酸酸痛痛却还强蛮了要出外走走，原来是迎候了这等事情。原来队伍上有人找了来。多少日子了，春天走了来来了又走，以为队伍早不存在了。没想到队伍还在，这事做梦也没想到！这么个男人站在你面前对你说队伍还在，有个叫陈毅的首长带了人在一个叫大庾的县境的大山里打游击；又说红军主力也还在，去了一个叫陕北的什么地方。这真是个叫人欣喜若狂欢天喜地的好消息。承禄想：事情终于要结束了，我不用再背了这黑帽帽过日子了。他们就要知道真相了，他们到底明白承禄是个怎样的人。

大用说："我从老远的地方来，我找你说个事。"

承禄说："你说！"

那人说："咱找个僻静地方说去，这里不方便。"

## 二

他们在清早的田野上走。承禄侧身看去，看见那男人的蓬乱的头发上挂着一根草屑，那东西在晨光里格外醒目。承禄突然想：这事真的属实？就凭他那么说说就信了？这么多年了，谁知道？要他是标有这样的角色，我就完了；要是他欺骗了我，将那些东西弄走了，我一切都完了，我有嘴也说不清，跳进黄河也洗不清。不能他说什么就信什么，我不能那样。

他们到了废堤那边。一排柳树枝繁叶茂地那么招摇，梅江在堤下缓缓流淌，一些大小不一的卵石在河底拱动，形成别致的图案。

"你找我什么事？"承禄问。承禄发现那男人一直在看着他。

大用说："红军没被消灭，大部队去了陕北，留下一些坚持在油山打游击。陈毅化名老刘，项英化名老周，他们是我们的头儿，我们在山里牵了敌人鼻子转。"

承禄看着那男人，目光冷冷的，他一声不吭。大用说："白匪层层包围，封锁线铁箍一样，围了一层又一层。他们想困死我们，他们不让我们得到粮食药品吃的穿的，他们想困死我们。"

承禄想：你绕来绕去还是想知道少谍队下落，你弄成这么一副样子，你不怕吃苦不怕别人笑骂就为了这？

"你怎么不说话，你听我说了吗？"大用问。

承禄说:"你说下去!"声音冷冷的。

那男人说:"你总该知道月照他们的消息。"

承禄说:"不知道!"

就那样两个人沉默了很久。四周很静,日头很暖和地照着,万物都好像一下子安分了下来,只有金家的那条狗不断地在他们身边蹿来跳去。

"日头真好。"那男人说。

承禄以为那男人会骂他,会说他是叛徒是金家走狗。那时承禄已有准备。由你说去!承禄想,由了你怎么说都行,你不会从我嘴里得到什么。可那男人笑笑,他只说了句"日头真好"。后来他就站起来拍拍裤子上的灰,然后拈起那顶破旧的草帽遮住脑壳。他说:"那我走了!"说完,朝石板路那头走去。

那一刻承禄心里又倏地掠过些什么,想朝那男人大喊一句,他想说:"哎,你别走!"如果那人骂他几句或打他一下,或许什么事也没有。偏那人轻描淡写,他就觉得心里头有点那个,所以他想喊那么一句。那时他心里涌上一种复杂思绪,要是这人真的是队伍上派来的呢,要是他真的不是坏人没有什么坏心思呢?那就错过了一次千载难逢的好时机了。他真想回到队伍上去真枪真刀地干一场,然后拼死在战场上,这样就没人说他了,这样就洗净了他的冤屈了。承禄那一刻真是那么想的,所以他差点喊出来。

但他到底没有喊,他看着那男人走远。

## 三

承碌没挪脚,他一直坐在废河堤上。他觉得那地方很好,他想一个人多坐会儿。但人不能久坐，一久坐就心事不断。

承禄突然想到死，死多好，一了百了。他想：这事麻烦了，要是真的，我就误了大事了。他们真会把我看得那么坏哩，他们会朝我吐口水，人人都吐，就把我浸了淹了弄死了。与其那么死，不如挑个便捷的死法痛快了去死。

那一刻，死的念头来回地缠着他。他觉得鼻子酸酸的想哭。

秋收以后农家都闲置了镰锄，人们轻闲起来，镇子也轻闲起来。田野里空空荡荡，有几只瘦牛在田埂上嚼食霜后的枯草，漫无边际地走着。河水安详地流，没有鹅鸭的嬉闹。鱼儿们在浅流处的卵石的缝隙间梭行，不露痕迹。

承禄对这儿很满意，觉得这儿光景很好，于是他开始干那桩事情。那时候他的心境也和视野里的风景一样平静。他走到那头瘦牛身边，拈起那根牛绳，拉了拉，他觉得那根棕绳还算牢实。牛停止了觅食，鼓了铜铃大的牛眼看着他。承禄摸了摸牛脑壳，他甚至还冲那牛笑了一下。

他开始弄那根绳子。

"有时人还不如头牛。"他跟牛说着话，"你看你，吃饱了你就卧栏，你不想事。人不一样，人老有心事。你没心事他们老给你搅来心事，人就这样，人活着累！"

他弄了个套，看看觉得不满意，就又解了重弄。

"我重弄，这事马虎不得。"他跟瘦牛说。牛好像听出点什么，停下了咀嚼看他。

"承禄不是叛徒。"他挥了挥手，牛眼里一个小人儿也挥着手。"可他们那么看我！我要标有遭了报应，我没给金家少爷说藏宝的地方，我没做丁点昧良心事情，可他们那么看我。我知道他们不容易，可我也不容易。我知道他们苦，可我也苦，比他们还要苦。他们不知道我的难处，他们恨我要我死，他们恨标有那样地恨我！"

承禄要哭出声来，他忍住了没有哭。他终于把那绳套弄好了，他把绳的那头系在柳树上，那绳套就悬在那儿像根枯藤，被风吹得晃呀晃的。

"我要走了。"他给牛说，"我走了就不在是非中了，就不在人家的口水和指戳中了。其实也没啥，人一下狠心就走了，走得无牵无挂，就省心省事什么都交代了。"

他还想跟牛说些什么，但没有说。他找来几块石头垫脚，后来就站到石头上了。他够到那绳套，将套小心地弄到颈脖里。那头瘦牛仰了头望着承禄做那一切，以为他做一件有趣的游戏。细伢都这样，细伢随时都想出一些鬼点子来耍开心。牛这么想着，所以它以为承禄耍哩，所以它漫不经心那么看，目光如水。

承禄正想把事情了了。他知道这不难，脚一蹬万事皆休。他正准备蹬脚，那时他看到黄牛的那对眼睛。就这对牛的眼睛让他想起好多事，让他觉得事情并不是那么简单。他们要这么看我就好了，他想。可他们不会，我走了一切就都说不清了。

后来承禄就下来了。"要走我也要走个清白不是？"他跟牛说，"我死了，他们就啐不了我口水了，可他们会啐我的坟，千人万人那么啐，一人一口就把我的坟冲了，叫我死了也不能安生。我改主意了，我才不那么蠢哩！"

他往镇子里走去。到街口的时候承禄回头看了看，废河堤上，那头牛还在嚼草，那根绳套在风中晃荡。

## 第二十一章

一

万邦离开峭支便不停歇往深山里赶。他翻过一座岭,就不住地往后张望,他一直没有发现他要看到的东西。他想那人一定会出现,现在没出现是因为那人鬼。你再鬼也骗不了我,他想。后来万邦觉得有点饿了,他觉得应该吃点东西。于是他掏出带来的锅巴坐在背阴的一块大石头后面嚼。

万邦没有朝目的地方向走。那座凹在东面,但他却往日落的方向走。他边嚼边想:我才没有那么蠢,以为我是木头哇,我会懵懵懂懂就径直往那地方走?

万邦一开始就感觉不对劲,白脸那阴阴阳阳的表情,那眼睛深处总有一点什么闪烁。他打我的主意,万邦想,真是好笑哇,打我的主意?他坐在那儿仰着脑壳接岩上滴落的泉水。他觉得那样很好玩,他就一直那么伸长脖子张开大口让清凉沁甜的岩水跌滴在舌面上,然后就吸吮,一直吸吮到觉得肚里胀胀的。那会儿日头渐跌到山崖下,暮色四合而来。万邦点了堆火,他为了提防野狼。他不知道自己怎么入梦的,好像一闭眼天就亮了。

天一亮他就开始上路。他走走停停时快时慢,但不管怎样,万邦不用回头就知道身后跟屁虫似的有一个影子紧随其后。他翻过了三道梁，拐过两处崖，他觉得这地方草密林深，是到了该想个办法了结那尾巴的时候了。就在那时他听到身后不远的地方传来沉闷的两声枪响，他没留意太多，以为是山民打猎的铳响。后来他就发现了山里人捕猎的陷阱，那个陷阱伪装得很隐蔽，差点连万邦也瞒了过去。

万邦停下来，在那陷阱边走了两圈。他在那浮土边用脚小心地弄出一行"脚印"，他弄得很仔细，以致后来自己也分辨不出来才放心地闪身躲在那棵老槲树枯空的洞子里。

那时候他心老在跳，他又老想笑，他觉得这事有点刺激。他果真捂着嘴独自笑了几下。后来，脚步声由远而近，紧接着就轰地响了一声，随之他听到有重物坠地的钝响。

万邦冲了过去，他想：哈哈，我抓着你了！万邦撩开那些松枝，他看清了那张脸，他看到那张脸后惊异得差点跳起来。

陷阱里的那人不是白脸。

那人说："有一个白脸跟在你后面。"

万邦说："他人呢？"

那人说："我把他给弄了，你没听两声枪响？"

万邦说："鬼信你！"

那人说："我看他盯紧你我就紧紧跟在他身后，没想到他竟发现了我，我眼疾手快掏出枪解决了他。"

万邦说："鬼信你！"

那人说："你往南面走半里路，那儿有一棵雷劈的老树，走到那儿你往树背后看。看到那东西后，你回来再跟我说。"

万邦真就按那人说的找到那株雷劈的老树。老树后面，白脸仰身倒地，额头地方两个枪眼，弄一脸血糊掩住那白嫩脸庞。

他回到陷阱旁。那人说:"你看见了? 白脸盯你梢,我把他弄了。他不是好东西!"

万邦说:"那你呢?"

那人说:"我叫大用,赣粤边游击队派来的,陈毅叫我来找千斗和你们。"

万邦看了大用很久,还是一脸的疑惑:"我还是有点不信。"

大用说:"我认识你们教官高营长,他脖颈地方有颗痣。"

万邦说:"我还是有点不信。"

大用说:"你看,这可就麻烦了。"

万邦说:"你总得让我相信,你不能怪我。我信不过你,我不能把你弄上来。我得走了,我还要赶路。"他真的拍了拍衣衫上的灰土转身往回走。才走了几步,听得大用在坑里喊:"喂!我有个主意。"

万邦就又回到坑边,他蹲在那儿。"你说来我听听。"他说。

大用说:"我知道你信不过我,若我是敌人暗探事情不可收拾,但是你就不想想,若我真是自己人,那后果该又是怎样?"

万邦呆了。后来,他看见陷阱里的那男人在朝他笑。大用说:"这样吧,你弄根绳把我绑了,牵了我走总行。你把我扔在这儿我必死无疑,我死了倒没啥,可耽误了队伍上重要事情。以前我在警卫团时和月照在一个连,我的事月照晓得,月照能给我证明。"

万邦说:"好吧,就依你的话做。"

二

　　两个人往崇山峻岭腹地走。万邦走在后面,他牵着那绳,前头走着的是那矮个子男人。
　　"你看,"那男人说,"我救了你,你还把我当猴。"
　　万邦说:"你碰上这事你怎么弄?你不跟我一样?"
　　那男人说:"人有时难说就碰上什么倒霉事儿。"
　　万邦说:"那是!"
　　后来,他们就聊起了少谍队的事。
　　"想不到你们能活下来。"大用说,"你们吃什么?"
　　万邦说:"我们种,我们不是有手?开始没东西吃,见到什么吃什么,天上飞的,地上走的,树上长的,土里埋的。人饿极了就顾不上许多,舌头也就贱了。"
　　大用说:"那穿呢?"
　　万邦说:"衣服风蚀雨淋,落叶般往下掉片片。后来就用从金家大院弄来的被面裹身,再后来什么都没有了,只有光了身子。夏天勉强了过,冬天不能离了火,离了火就有一千根针刺你骨头。"
　　大用说:"山里有瘴气。"
　　万邦说:"就是!瘴气收人的命,夜里瞌困,瘴气漫过,说死你就死了。我们就割艾草成天熏,人人鼻孔都熏得红肿。"
　　大用说:"林子里有狼。"
　　万邦说:"当然有!那天日头才落山,就有狼从凹口钻进来,不是一只两只,是百十来只一大群。它们在四围的岭坡蹲了,它们嚎，它们扯了颈脖嚎，那吓人的声音就在凹里来来去去，让人起鸡皮疙瘩，一些绿绿的眼睛在黑天里放光，让人心里发毛。"

大用说："啧啧！"

万邦说："我们把干柴都搬了来摆成个大圈圈，我们点了火。我们想完了，白狗子没收了我们的命，今天却要给这些凶恶东西做了点心了。我们拼命地添柴，那些干柴眼见少下去，我们想我们活不到天亮了。"

大用说："后来呢？"

万邦说："柴烧完了天就亮了，天一亮那群狼都走了。"

大用说："你怎么了？我看见你眼睛红红，你是在哭吗？"

万邦说："我不敢想以前的事，我一想那时候的事就这样。你不晓得我们受的苦受的委屈。"

大用点点头，说："你再讲几个故事给我听。"

他们边走边讲，终于万邦看见了那熟悉的凹口。

## 三

月照他们正在割禾，今年的稻谷长势好过以往。一帮伢在凹坡上收禾，他们的镰刀很快，他们的脊背晒得很黑，他们干得很卖力。他们弓着腰，手臂在膝盖周边划着弧线，那些黄熟的禾就成片倒地。今年的收成很殷实，他们今年就不愁会饿肚。他们把禾谷打下来，铺在平缓的石面上晒，那些石头上像铺了一层金。

又硬一抬头就看见凹口爬过来两个人。他咦了一声，结果大家都抬起了头。视野里两个人朝这边走来，他们中间有根绳儿连着，后来发现其中的一个被绑着，由另一个牵着往这边走。

月照叫道:"那是万邦呀!"月照带头朝凹口地方跑,大家都丢了手里镰刀呼喊了往凹口地方跑。月照一把就捏住了万邦的臂膀:"真是你呀,万邦!"

万邦说:"你捏痛我了。"

月照说:"你让我们好想,你走了也不安分,老在我梦里出出进进。"

超清说:"就是!"

万邦嘿嘿地笑着,他伸出手拍了一下超清的脸。他有很多话要说,但一下子嘴舌木讷了说不出,他就那么在每个人的脸上拍了一下。他把很多事都忘了,他把大用也给忘了。他拍到南秀时手不由得悬在了半空:"你脸皮嫩,我不忍心打你。"他开始在兜里搜,搜出一截红绸条儿,"我没什么礼物带给你,我给你带来这个。"

有人说:"那边一个大活人你是给谁带的?"

万邦呀的一声跳起。"我把这事给忘了。"他说。他看到大用蹲在那儿,一根绳儿叫他解了扔在那儿像一条细蛇。他蹲在那儿掏出旱烟有模有样地吸烟,一团红亮东西在那儿明明灭灭。

"月照!月照!"万邦急急地喊着月照。

月照说:"什么事?"

万邦说:"这个人说认识你。"

月照走过去,月照看见那人嘴就惊得歪了。"是你吗?"他说,"钟营长!"

大用站起来,眯了眼睛笑。他对万邦说:"我说是吧,我说月照跟我熟。"

月照说:"你们怎么弄到一起的?他是警卫团钟营长,高营长在一营,他在三营。"月照说,"钟营长,想不到会在这儿见到你!"月照说话时头不住往两边转,一会儿对了万邦,一会儿对了大用。

大用说:"我找你们找得好苦。"大用有些激动,从他的衣兜里掏出一只鼻烟壶。那是一只瓷质的烟壶,烟壶里满满的全是那黑黑烟膏。大用把烟壶猛一下摔在石头上,烟壶碎裂。大家才看清烟壶里不仅有烟,还有一些纸团。

大用把那些纸小心地捋平。

那是两封信,一封是中共中央分局《告南方游击队公开信》,另一封是分局书记项英写的亲笔短函,上写:"兹派遣分局特派员钟大用同志前往三南地区与诸游击队联系,望予以接洽。"

大用把两封信递给月照,说:"月照,你仔细过目。"

月照说:"钟营长,我还信不过你吗?"

大用说:"你得仔细看,这事不能马虎。三年来,多少信得过的人都挺不住做了叛徒。你还是看看,你们都看看。"

月照认真看完那些信,脸倏地就变了,他扭过脸往山崖那边呆望。

大用说:"那年打散后,陈毅带一部分人马突围上了油山,以为少谍队早跟大部队走了,或叫白匪给消灭了。后来……月照你在听我说吗?"

月照不吭声。

大用接着说:"我们看到敌人的告示,才知道事情真相。上级派人到处找,想不到你们会在这儿。我找你们找得好苦。你们怎么了,你们脸那么扭?"

大用走过去看,他看到那情形吓了一跳。他看到每个伢脸上都淌了泪,他们的泪大把地流,那些脸全水渍渍湿湿一片。大用看着那涕泪肆流的场面,他沉默下来,重又掏出烟杆往烟嘴窝窝里塞烟，点了在那儿一口一口地抽。他看着他们哭，他理解他们。他们都是些半大的伢，他们找不到队伍，被敌人重兵追剿却不肯投降，他们宁死不屈真有骨气。他们躲进大山，他们在人迹罕至的深山老林里挣扎了活命，他们挖地搭棚寮，他们做野人过鬼也过不了的苦日子，他们就是不投降。他们没有盐巴没有药，他们的伤口生脓，他们成天和死神做伴，他们就是不投降他们真有骨气！现在他们见到自己人，苦日子要熬出头，他们当然哭，他们为什么不哭？他们有那么多的委屈！这么长的日子，这么艰难的困境，不容易呀不容易，要搁我我也会哭，搁谁都会哭。

大用这么想着，鼻子就有些酸酸，他下狠劲抽烟，弄得烟嘴窝窝里的东西劈啪劈啪地跳燃。

凹里那沉默叫人说不出的压抑。大用想说点什么冲淡这气氛，他转着脑壳看凹里四周，他看到很多的鸡，那些鸡在溪边嬉戏，在棚寮周边觅食。它们蹲趴在崖石下，它们栖在枝丛里，他奇怪这地方怎么有如此多的鸡。

他好像找到一个合适的话题，他觉得这话题很自然很好。

"哈，你们养这么多的鸡？"大用说。

果然月照扭过头来，他在脸上抹了一把，说："那年我弄了两只鸡崽来让南秀饲养。她养了鸡生了蛋，蛋孵了鸡，鸡又生蛋……就这么有好几代的鸡了，南秀却不肯让杀一只。你说多不多？她不让杀，就是同伢补身子也不让杀，说是年节到了也不让杀。你说多不多？"

"原来这样。"大用说，"她把鸡当做家里人了。"

月照说："她觉得那些鸡是她的能耐，她觉得鸡多蛋多她就不比伢崽差。"

大用说："这妹子，可这回怎么办？怎么也要忍痛割爱了。"

月照说:"你真的来领我们走?"

大用说:"你看你,你真要在这苦地方待下去?"

月照说:"我没说要待下去,我是说这……这来得太突然,像在梦里哩。"

大用说:"山外好多的事都不似从前了,你们该离开这地方了。上头派我来找你们,要我把你们从这儿带出去。"

大用说这话时,月照在看那些黄熟的禾稻。他眼里有一种东西,他心里也有些东西。这东西是什么,他说不清。他后来回过头看着大用,说:"那你等我们割了禾再走。"

大用不明白,大用想说:既然要走了,那谷子还要了干吗?他刚想张口突然明白了,人有时就这样,事到临头偏就顿悟。他们并不再需要这些粮米,但他们劳作艰辛了好些年,他们流了那么多的汗,他们舍不得,他们不甘心,他们要看到一点什么。他们不为别的,就为这些。大用把衣裣脱了,说:"给我一把镰刀,我跟你们一起割!"

三天后,凹里的禾都收齐了,他们把那些谷子铺晒在那些石头上,金黄的一片,像一种饰物,将凹坡装点出一种别致。

## 四

这是个出远门的好天气,日头将那些岩石弄出一种金黄颜色,灿灿地洋溢着一种喜气。场坪上月照他们站成一个队列,他们衣衫破烂垢面黄肤。

月照觉得不妥,月照觉得少了一个人。

他朝棚寮喊:"三发!你出来!你怎么不出来?"

没有人应，月照走过去，看见三发那张脸。三发的脸上有泪，从一开始这男伢脸上的泪就没止歇，大家早不哭了他还哭。

"你别哭了，看你。"月照说。

三发不说话，他一直蜷在角落里默默流泪。

后来，大用走了进来，他皱着眉，一脸的惑然。

"好日子熬出头了，你还这么哭？哭坏了就去不成队伍上了，你想，这多不划算？"

三发站了起来，他地上的影子很模糊。三发不看那个来接他们的人，他想：你晓得什么？你现在这么说，当初你们去哪里了？那么多人马，那么好的队伍，怎么叫人家说打败就打败了？这么多年，你们不来找我们，你们现在来了，可我没力气了，我不是指身上的力气，是说心上的力气。你不会明白，人心上也是有力气的。

"许三发！"大用厉声喊道，"我命令你立即归队！"

三发没有动，三发纹丝不动。

大用怒火中烧，大用想：这伢！这么个样样！这帮伢长久脱离队伍，散漫成个什么样样？后来他想：也难怪，毕竟是些伢，脱离队伍这么久，又不是一天两天，是好几年，他们能活下来已经不错了。后来，大用就想着回去以后的事，回去以后第一件事就是弄他们去集训。

可是，那男人不知道眼前该怎么办。他软下来，他说："三发，走吧，到队伍上就好了，从今以后就好了。"他抚着三发瘦削的肩膀，说，"听话，大家都在等你。"

三发还是没看大用，他好像没听见，他走到月照身边，说："我跟你说个事。"

月照说："你说！"

三发说:"我不想走,你们走吧!"

月照一点也不意外,他想三发就这么个事,他不愿走。那时大家天天盼了队伍来找,或千方百计找队伍,但希望就像泡泡一回一回那么破灭。他们这些半大的伢,在原始的自然环境里苦熬苦拼求生存。他们吃了那么多的苦,经了那么多的事,过人不人鬼不鬼的日子。苦难就像一方磨,它在你身上心上碾过,没经那些事的人不能明白。岁月推着磨一下一下在你身上心上碾,磨出些茧子。手上长茧子不痛,心上长茧子不行,一颗心从此就泡在苦水里。心上一长茧子就老了,就淡了很多的东西,就想过宁静平和的日子,吃糠咽菜也行,粗茶淡饭也行。人老了都这样,这是很悲哀的事。白狗子的刀枪炮火没有将人打趴了,饥寒苦难困境绝境没有将人打趴了,但那磨却将人的心磨老了。月照那时就想着这些,他想:谁都这样,只是我们挺一挺就过来了,三发挺不过来,你能要他怎样?

月照说:"他老了,他老了。"

"什么?"大用不解,他不懂月照的意思。

"人一老就不想入队伍了,不想尘世间那些事了。"

"什么?"大用跳了起来,他眼睛瞪得老大,"怕死鬼!窝囊废!"

喊声惊动了外面,队伍顿时散了形。月照朝大用走过去:"钟营长,你不能这么说三发!"

"对!你不能这么说他!"细伢们都朝了那男人喊。

大用愣了一下,他没想到事情会是这样,有一刻他感到难堪。他看看月照,又看看大家,他看不出个什么。

万邦走了过来,说:"你没经那些事你不会懂,你随他就是!"

大用心里很乱，他一时不知该怎么办，他确实没经很多的事，在队伍里这么久，他没经过这种事情。

万邦说："你抽根烟吧，看你，你皱着眉。"

万邦给他弄燃那筒烟，那男人大口大口地抽着，他把自己埋在烟雾里一直想着这事。后来，那男人好像想出点什么，他站了起来。人有时就这样，想想就把事情想穿了。

大用走到三发身边："我错看你了，对不起，你看我胡咧咧瞎说。"他拍拍三发的肩膀，"你不走不走就是，什么时候想着要回来你就回来，随你！"

三发哭起来，他哭得很厉害。

大用说："你别哭，你好好过！大家不会忘了你，你也是个好佬，谁能忘了你不是？"

后来，大家就列队朝凹口那边走。大家走的时候，三发就站在那块凸起的坡石上，他没有哭。"我会好好弄！"他对月照说，"三发不会给大家丢脸！"最后，他才跟南秀说话，他说："你放心去，那些鸡我会好生帮你照应，放心去！"

南秀哭了起来，她边哭边点着头。

队伍就那么走了。他们走出凹口，趟过那条溪河，走上软绳似的一条路。他们没有回头，他们不敢回头。

三发在那块石头上站了很久。他一直没有回去，他好像要把自己也站成一块石头。

## 第二十二章

一

江口镇好像从来没这么热闹过,师长金其基倾注了前所未有的热情来操办这顿宴席,整个江口镇都在忙碌着。圩集上的鸡呀鹅呀草鱼鲢鱼全让师长金其基拢到镇口那家聚香酒楼里来了,临了还说欠缺,指使了人去山里打狐狸打野猪去河溪里抓鳝鱼脚鱼。很多的男人女人都在聚香酒楼那场坪上忙,杀猪剔牛宰狗剐鸡,弄一片鸡飞狗跳。红红的血水顺酒楼外一条细细的水沟淌入河中,长久地有一条暗红血线在水面上不消退。

绸布店老板方子仁说:"想不到你张罗这么大一个场面,你家老爷在世时做六十大寿也没这么大一个场面。"

师长金其基笑笑。

绸布店老板方子仁说:"那时你到处抓那帮伢,你悬了赏挖空心思要找到他们,你恨他们恨到骨头里。"

师长金其基说:"那是!"

绸布店老板方子仁说:"你说过他们活下来就是你金家少爷的失败。现在他们活下来了,你跟他们斗了这么些年,你倒把他们当稀罕贵客待了。"

师长金其基说:"谁笑到最后,谁笑得最好。"

"什么?"绸布店老板方子仁瞪大一双眼睛。

"你真不懂?"

绸布店老板方子仁摇摇头。

师长金其基说:"这是我最后一次机会,这步棋我能不走好?"

绸布店老板方子仁晃了晃脑壳,他眨着眼想了一会,说:"我好像有点明白了。"

师长金其基说:"我得好好弄,我不能马虎了。"

二二

金家少爷他们聊天那会,少谍队一帮伢由大用带领往江口方向赶。他们在镇口木桥将那头乱发理了,跳下梅江扎扎实实洗了个澡,换上大用找来的衣服。伢崽们很久没这么干净整洁了,他们好久没这么开心,人一开心就忘了跋涉的疲累,人一开心话就多。他们就那么七嘴八舌你一句我一句走过那座木桥。

他们来到那个叫聚香酒楼的地方。

"有桂皮狗肉香气。"又硬吸了吸鼻子说。

有根说:"还有米粉蒸肉。"

允中说:"我都流馋水水了。"

他们吸着鼻子跨进酒楼那朱红大门,立刻都惊得呆呆。楼上楼下摆满生漆刷就黑亮黑亮溜光照人的八仙桌,满桌的好菜好酒美味佳肴。他们看到那些桌上远远不止狗肉米粉肉,他们从没看见过这么多的好吃的,他们做梦也没见识过这么丰盛奢华的酒宴。他们还留心到四下里还有许多的客人，他们都是些体面的绅士名流，从他们衣着上不难看出这一点。那些富绅名流们笑着，一些人还交头接耳说着什么。伢崽们没注意那些，他们看见有几个穿长衫的人和大用说着客套话，躬身摊手请他们入座。伢崽们没想更多就坐下来，他们饿了也馋了，又硬甚至顾不得许多就用手拈了一块扣肉进嘴，嚼出一口的油腻。

月照看到了又硬那不雅举止。月照进门时就不住往四面看，他觉得有点蹊跷。他不明白是什么招致他的那种疑惑，于是他双眼四下里溜。后来，他就看见又硬拈肉。

月照哭笑不得摇摇头，他想说些什么，却看见一个穿长衫的瘦男人开始在那儿做开场白。他挤出一脸的笑，弄对小眼睛眯得眼黑眼白全没了分晓。他的嗓门很大，声音却很嘶哑，在宽宽的本来就有几分嘈杂的酒楼里嘤嘤嗡嗡地响着。他说："欢迎啊欢迎……本是同根生，相煎何太急？化干戈为玉帛……救国家于危难……国共携手合作，枪口一致对外……请敝县军政要人党国代表今日盛宴之东家金其基先生致辞！"

月照顿时惊住，那些伢崽们顿时惊住。

怎么会是他？他们想。

他们没有更多的思想准备，他们没想到这些年一直跟他们斗着的那个对手会出现在这么个场合。这个人从屏风后面走出来，像伺机而出的一个阴谋。这个人笑着，笑出一种慈祥；这个人穿一身全新的军服，穿出一副气宇轩昂英雄大器的模样来；这个人走过来，走出一种规范的军人步伐。他的手臂轻摆下巴微仰，像一个地道的胜利者。他的眼睛在说：你看你看，你们和我斗，斗来斗去你们斗出个什么结果？你看我们金家金碧辉煌，你看我金家少爷大器大度。你看你们一脸的菜色，衣着邋遢骨瘦如柴，哈哈！这个人用眼睛说的话在场的一些富绅名流并不能全懂，但月照他们每句话每个字都听得明明白白。这个人用眼睛说话，边说边笑，笑里藏着恶毒藏着刀。

万邦第一个站起，他站起时差点带翻了那钵狗肉。万邦说："我不饿，我们一点也不饿，我们才吃过，对不？"

有根他们说："就是！"

又硬用手指抠着喉咙，他那么狠命抠着，弯着腰呕。他跺着脚，呸呸！朝地上吐一口又吐一口。

场面很难堪。师长金其基没想到会这样，大用也没想到会这样，席间的宾客都没想到会这样。他们你看看我我看看你，以为那些伢会弃席而去。那时万邦他们确实想拂袖而去，他们看月照，却看见月照纹丝不动地坐在那儿，他的表情很平静。万邦他们朝他看的时候，月照站了起来。

月照说："金家少爷请我们喝酒，人家举了杯，我们不喝倒叫人轻看了，说我们不胜酒力。"

金家少爷说："就是。"

月照说："我们喝！"说着他找来两只钵碗。钵碗很深，能盛大半锡壶酒。月照把那两只钵碗倒满。

月照说："来，我们喝！我们一人一碗！"

金家少爷点着头，他咧嘴笑了一下，却笑出一丝窘迫。

月照说："那行！我先喝了。"说着他稳稳端起钵碗。他想：我不会让你小看了少谍队，你想要从我们身上得到些什么，那是做梦！他努力不让钵中酒洒出点滴，他仰起颈脖，喉管一起一伏鼓胀。他把那钵酒喝完了，他抹了抹嘴，看着金家少爷。

金家少爷端起另一只钵碗。那碗酒对他来说并不算个什么，他想喝得从容一些，但还是弄出些许从碗沿漾了出来，滴洒在他的军服上。

酒汁在师长金其基的军装上留下些渍渍,他的军装不再那么整洁了。

## 三

镇外的河滩上,呼天抢地的哭声很响。

大用说:"月照,不能喝你胡喝,弄得这么副醉样样!你看你一哭带了大家都哭起来。"

月照说:"我没醉!跟你说我没醉!"

大用说:"没醉你这样?哭得这么伤心?"

月照说:"你没过过我们那种日子,你不懂。"

大用说:"也许吧。"

月照说:"怎么会是他,怎么会是金家少爷?我们在山里那么苦,我们吃那么多苦为个什么?"

大用点点头,说:"都过去了,一切都过去了。"

月照说:"过去是过去了,但好多的事不容易忘。"

大用说:"那是!"

月照说:"有一把刀子,它一下一下在你心上刻,那些痕迹,一生一世也难消去。"

大用说:"你说得对!我知道我都知道!"大用望着远天,他说,"你们想哭就哭吧,痛痛快快地哭!我不是反对你们哭,现在国难当头,怎么说也不是哭的时候,现在有很多重要事情还需要你们去做!"

月照听了这话突然止住了哭声,他好像真的想起什么重要事情。他用衣袖揩了揩脸上的泪，他把脸上那些湿渍渍东西抹个干净，然后朝那些哭着的同伴走去。他在那边和他们说了几句什么，哭声戛然而止。

"我想起了一件重要的事。"月照走过来对大用说，"我差点把这事忘了，我们现在去办这件要紧的事！"

几年后他们再走那条路好像十分熟悉。也许是这条路曾经无数次在他们的梦里出现，他们才走得这么熟悉。他们以为一切都会很顺利，他们脸上的泪滴被汗水替代，很快那些汗水就湿透他们不甚合身的衣服。

"我知道金家少爷没法弄到那些东西，他找不到。"月照说。

允中说："他当然找不到！"

又硬说："他是找不到，就像传说中的那块宝镜，在心思不对的人面前它不显形。"

"就是！"有根说。

到底是些细伢，才转眼工夫，情形就截然不同。他们笑着说着，好像将酒楼那一幕忘个干净，其实他们并没有吃东西，他们把饥饿忘了。

大用知道他们说的是那些东西。他听说过那些东西，他也听说过围绕那些东西发生的许多事情。他想：要我我也会这样，我理解他们，我理解他们大悲大喜的号哭和亢奋。他抬头望了望远山，群山起伏着，纵横交错的路无情地将它们绑了。

后来的情形并不那么妙，细伢们止住了脚步，他们四下里望，脸上现出疑惑。

"不对，好像不对。"月照说。

又硬说："到处叫他们挖得乱糟糟一片，鬼才识得路。"

有根说："我觉得就是这一带，我敢说就在这附近。"他指了指那边的山，"是那儿吧，要不就是那儿！"

后来，大家的眉就都皱起来。

"怎么办呢？"超清喃喃地说，超清的脸上有哭相。

就在这时候，月照听到一种声音，那声音细细微微地在风里飘。他开始以为是什么鸟兽弄出的声响，后来觉得不像。

"我听到一种声音。"他说。

"我也听到了。"超清说。

"走！看看去！"月照说。

他们踩着枯枝败叶循声而去，他们踏着被人们掘松的泥石循声而去。他们翻过两座山，他们看见那边矮崖前果然有个人。那个人耷拉了两只脚坐在那儿，他嘴里在哼唱含糊不清的歌子。

"那边有个人！"又硬说。

"不错，是个人，好像还是个伢！"大用说。

月照看见了那人，月照也看清了那山。那左边的尖峰如一颗巨齿般竖在天地之间，与相对的一座拱状的峰峦对峙。如果有月，十五月圆时候肯定能不偏不倚嵌在两山之间。

月照心里一热，他快步朝那儿奔去，他的同伴们也跟在他身后跑着。他跑到那地方顿时愣住，他愣愣地立在那儿，所有的伢都突然立在那儿。月照瞪大了双眼看着坐在矮崖上的那个人，伢崽们都瞪大眼看着矮崖上的那个人。那个人有一张惨白的脸有一对很大的眼睛，那个人的衣着很整洁。

"是你吗？"月照喊了起来，"承禄，是你吗？"

那个人不看他，说："是我！"

月照说："你怎么在这儿？"

那个人不看他，说："我知道你们会来，我知道！"

月照说："你专门到这地方来等我们的吗？"

那个人还是不看他，说："承禄不是胆小鬼！"说着，那个人跳下来，在崖脚地方抠出一块石头来，豁然地袒露出一个洞子。他们都蜂拥上去，他们喊着叫着用手指抠着。他们的手指抠出了血，他们就用血糊糊的手指挖开了那个洞子，他们看到了洞子里的那些筐篓，那筐篓一个不少。

他们就那么躺在洞子边的草地上，他们累了。天上的云很好日头很好，他们感到眼前的一切都湿湿的。他们眼里又涌出了泪，这一回他们自己也弄不清为什么要流泪。

泪水阻碍了他们的视线，他们没看见远处的一个人。

那个人披头散发地走在对面的山脊上，他怀里紧紧抱着一只用花被单裹成的筒状东西，幽灵似的在荒野里浪走。

他嘴里重复喊着两句话："我有崽了，我有后了……哈哈，我有后了……崽哎崽哎，我们去领赏钱……"

那个人是叛徒标有。